ENTRE DEUX ÉCLIPSES
LETTRES À E.T.

AF143840

© 2016, Gerbal, Yves
Edition : Books on Demand,
12 / 14 rond point des champs Elysées, 75008 Paris
Impression : BoD - Books on Demand Norderstedt, Allemagne
ISBN : 9782810628612
Dépôt légal : Mars 2016

Yves Gerbal

Entre deux éclipses

Lettres à E.T.

BoD-Books on Demand

12/14 rond point des Champs Élysées, 75008 Paris, France

« Je me sentais responsable de la beauté du monde »

Marguerite YOURCENAR,
Mémoires d'Hadrien

« Et pourtant je vous dis que le bonheur existe
Ailleurs que dans le rêve, ailleurs que dans les nues
Terre, terre, voici ses rades inconnues »

Louis ARAGON,
Le roman inachevé

À elles...

1

Cher E.T.,

L'entreprise pourra paraître un peu folle. On me soupçonnera d'avoir perdu la raison. Pourtant je ne veux plus tarder. Le temps est venu, sans que je sache bien pourquoi. Il me faudra probablement essayer d'expliquer ce qui me pousse à me lancer dans ce projet insensé, et pourquoi maintenant. Mais l'essentiel ne sera pas de me justifier. L'essentiel sera que tu puisses un jour entendre, venue de très loin, cette petite voix d'un terrien relativement ordinaire.

Je m'adresse à toi dans la langue qui est la mienne. Je n'ai pas le choix. Je ne veux pas tenter d'élaborer quelque hypothèse sur le vocable dans lequel tu communiques. Je ne veux pas m'embarrasser, pour l'instant, avec ce genre de considération. Si un jour ces lettres te parviennent, je sais bien que tu sauras les déchiffrer. Je ne doute pas de ta très haute intelligence car nous-mêmes, pourtant très proches du chimpanzé, nous avons su lire les hiéroglyphes égyptiens, les alphabets les plus anciens, les langues les plus rares. Nous avons, parfois même à l'aide seulement de quelques fragments, reconstitué des systèmes de signes très éloignés des nôtres.

Voilà pourquoi je ne veux pas non plus épurer mon propos ou en simplifier le style. J'ai décidé de parler à quelqu'un qui saura, dans tous les cas, lire (ou équivalent) ce langage, et percevoir, le cas échéant, la rhétorique usuelle et les finesses du style.

Pardonne si tu le peux, lecteur lointain, cette position égocentrique. Je n'ai guère le choix, n'étant nullement un brillant scientifique et n'ayant aucune velléité de tenter des expériences diverses. Je suis donc condamné à croire que tu décoderas ma langue qui te sera pourtant étrangère.

Et puis je tiens à garder la spontanéité d'une communication amicale. Je ne m'adresse pas à toi, frère inconnu, avec la volonté de t'épater par quelques coquetteries langagières. Pour le lecteur que tu seras, l'essentiel sera d'abord dans l'information. Mais je ne peux pas pour autant me résigner à adopter le ton neutre d'une communication scientifique. Car je veux témoigner, à ma façon, à la place qui est la mienne, et je ne pourrai pas le faire avec sincérité si je rabote mon expression, si je me maintiens dans les bornes étroites d'un système de signes spécialement adapté à ton intention. Cher extra-terrestre, je te demande un effort. Si quelquefois les mots m'échappent, je ne veux pas les retenir par pur souci de te simplifier la tâche.

D'autant plus que si tu découvres ces lettres dans les ruines de nos civilisations englouties par leur propre orgueil, tu auras eu le temps d'apprendre, dans nos dictionnaires, les sens variés de notre riche lexique, et dans nos manuels de grammaire, les règles pour démêler l'écheveau serré de nos phrases. D'une curiosité ardente et d'une grande vigueur neuronale, tu sauras, j'en suis sûr, naviguer dans les méandres de notre syntaxe.

Dans ce cas-là, celui où tes vaisseaux se seraient enfin posés pour de bon sur notre planète, tu ne manqueras pas de données. Et comme l'hypothèse la plus probable est que ta civilisation soit largement en avance sur la nôtre, je pense même que tu peineras moins sur cette traduction que nous sur des textes en grec ancien, en latin, en araméen…

Car nous lisons nous-mêmes, plus de 2000 ans après, des lettres écrites dans des langues que plus personne ne parle aujourd'hui. Nous appelons cela des langues mortes. Mais nous savons bien que le message, lui, n'est pas mort. Une fois déchiffré, ce que nous recevons ainsi par-dessus les siècles est plus vivant que bien des images qui nous cernent aujourd'hui. Les mots des philosophes anciens, par exemple, parlent à notre âme, nous disent leurs questions et leurs doutes, et nous pouvons vibrer de la connivence humaine qui abolit les siècles.

Et je me rends compte en écrivant cela, cher extra-terrestre, que je rêve d'une même complicité. Ressentiras-tu, un jour très indéfini, les battements de mon cœur, les tremblements de mon esprit, le trouble de mes sens ?

Mais je peux faire une autre hypothèse. Aussi probable (certains diront aussi improbable) que la première. Ces lettres te parviendront chez toi. Sans que je sache pour l'instant par quel canal car bien entendu se pose alors le problème capital du facteur intergalactique. Nos vaisseaux habités sont allés jusqu'à la lune. C'est encore bien loin, semble-t-il, de ton hypothétique planète. D'autres vaisseaux sans vie sont lancés dans des voyages au long cours qui prennent plusieurs années mais qui eux aussi ne vont pas plus loin que les limites finalement très étroites de la galaxie gouvernée par notre soleil.

Dans l'état actuel des choses, et à l'heure qu'il est, dans la courte tranche de vie que je vais parcourir, il n'y pratiquement aucune chance que nous dépassions les frontières de notre voie lactée. Seuls quelques robots iront chercher des traces de vie aux confins de notre système solaire. Il y a peu de chances que je te rencontre physiquement…

Comptons alors sur les signaux que nous émettons en permanence et dont on ne peut pas prévoir l'écho qu'ils provoqueront un jour ou l'autre.

Pour cette correspondance, il faudra que je me préoccupe de trouver une boîte à lettres. Un ordinateur embarqué à bord d'une sonde ? Une enveloppe jetée dans l'espace par un cosmonaute en promenade ? Une retranscription en ondes électromagnétiques ? Le problème est d'importance, bien sûr. Je ne pourrai pas m'y dérober. Je tâcherai d'y réfléchir tout en continuant d'écrire. Mais je ne veux pas me laisser accaparer par le média. L'important, c'est le message. Nous disons ici, quand nous faisons un cadeau : c'est l'intention qui compte.

Sans savoir même *si* tu es (ce qui est bien pire que de seulement se demander *où* tu es) je t'envoie donc ces étranges lettres. Je n'y dévoile aucun secret d'importance sur notre espèce ni sur notre civilisation. Je n'y prétends à aucune exhaustivité ni à quelque volonté encyclopédique. À quoi bon, alors ? demanderont mes incrédules congénères. Pourquoi feindre d'ignorer ces barrières énormes de l'espace et du temps ? Comment puis-je croire, en effet, que pourront être dépassés les obstacles infranchissables des distances intersidéra-les ? Suis-je fou ? Devrais-je déjà, avant même la fin de cette première lettre, céder au découragement ?

Non, ma résolution est prise. J'entame cette correspondance avec exaltation, sans vraiment en percevoir le sens, sans pouvoir dire ce que cache cet enthousiasme de missionnaire.

On me trouvera futile. On jugera vain le message enfermé dans cette bouteille jetée dans un océan infini. Mais pourquoi devrais-je ainsi m'attacher à tout prix à donner une motivation recevable par mes frères humains ? C'est à toi, extra-terrestre, que je m'adresse. Pas à mes semblables. Peu m'importe leur jugement. Seule compte la toute petite probabilité que tu perçoives un jour, par-delà les étoiles, l'infime vibration de mes mots, la toute petite ondulation de mes phrases. Cela me suffit pour avancer.

La nuit tombe. La lune paraît. Ici, chez nous, sur notre calendrier, c'est le premier jour de l'automne, l'une de nos quatre saisons. Celle-ci n'est pas la plus gaie, mais j'aime ce rythme que nous impose la nature. Nous entrons dans une période plus grise et pluvieuse, nos jours vont être plus courts, mais je ne crains pas ce changement. Au contraire, j'entre dans l'automne comme dans un autre pays. Changer de saison, c'est comme voyager sans changer de maison. Et t'écrire, cher extra-terrestre, est également un voyage immobile que j'entame ce soir avec le même enthousiasme que certains de mes ancêtres qui s'interrogeaient sur ce qui se trouvait au bout du monde, là où, croyaient-ils, la terre se terminait. Nous avons depuis lors considérablement repoussé les limites de nos territoires connus, mais nous butons encore sur une frontière qui recule toujours à mesure que nous nous en approchons. Il peut sembler incompréhensible de continuer malgré tout à sonder ainsi l'infini en sachant que nous resterons aveugles malgré tout. Mais c'est ainsi que nous sommes. Je n'ai pas de télescope puissant, je ne suis pas un astronaute ni un astrophysicien, mais je ne peux m'empêcher d'interroger à ma façon cet espace, ce temps, et cette vie de terrien ordinaire qui est la mienne. C'est l'une de nos lubies les plus anciennes que d'essayer de trouver le lien entre ce que nous connaissons et tout ce qui nous échappe.

En m'adressant à toi, cher E.T., je fais une expérience à ma manière. Je ne suis pas un savant, mon matériau c'est ma vie, mes outils ce sont mes mots. En te les confiant je ne sais pas ce que je veux prouver. Je fais seulement une hypothèse. C'est assez, en ce premier soir d'automne, pour me pousser à écrire alors que j'aurais tant de raisons de ne pas le faire.

La lune, désormais, est toute ronde. Sur cet astre familier les hommes ont longtemps rêvé. Nous avons réussi à poser quelques vaisseaux spatiaux sur cette planète accrochée à la nôtre par les liens indéfectibles de la gravitation, mais je reste aussi démuni que le premier homme qui s'interrogeait sur cette lumière dans la nuit. Nos rêves, nos questions, nos espoirs, se déplacent d'un objet à un autre, mais rien ne change vraiment. Je lève les yeux et regarde la nuit derrière la fenêtre. Mon esprit s'y égare. Peut-être est-ce pour cela, aussi, que je t'écris.

À bientôt, ton frère terrien.

2

Cher E.T.,

Si tu reçois, comme je le souhaite si fort, ces lettres dans ta propre galaxie, ne te fonde pas uniquement sur mes sentiments pour te faire une idée de ce que nous sommes ici, hommes et femmes qui habitons cette planète. Ne t'y trompe pas : je ne suis pas un représentant exemplaire de l'espèce humaine. Je suis un humain bien nourri, et cela suffit à me distinguer d'une majeure partie de notre espèce. J'appartiens à cette petite frange de notre population qui parvient à se préoccuper d'autre chose que de survivre. Nous ne sommes vraiment pas nombreux dans ce cas. Deux habitants sur dix, à peu près.

Ainsi tu penseras peut-être, si tu connais mieux un jour les aléas de notre monde, que j'exprime des considérations de nanti. Si tu comprends après une étude rapide les inégalités d'une région à l'autre de cette terre, tu mépriseras mes petits discours, comme moi-même je pourrais penser de quelques érudits ancêtres qui s'essayaient à des autoportraits à valeur universelle qu'ils ne voyaient le monde qu'à travers leur bibliothèque, que leur vue ne portait pas plus loin que les vignes de leur domaine. Comment pouvaient-ils prétendre parler pour d'autres qu'eux-mêmes ? En les lisant aujourd'hui, pourtant, il me semble que je leur ressemble, et je comprends, malgré le temps qui nous sépare, leurs doutes, leurs angoisses, et je partage, malgré l'apparente étroitesse de leur champ de vision, leurs enthousiasmes, leurs espoirs. Pourrai-je, comme eux, faire entendre ma voix au-delà de ce que je suis ? Je me résous difficilement, je le sais, à ne pouvoir parler que de moi quand je parle d'ici et de maintenant.

Pour oser parler, faut-il être nécessairement cet homme le plus représentatif, à mi-chemin entre l'obésité et la famine, entre le luxe et la misère, entre la paix et la guerre ? Où est-il cet homme standard, cet archétype de l'espèce ? Faut-il avoir endossé tous les habits, avoir changé plusieurs fois de peau ? Combien d'existences faut-il avoir vécu avant de prétendre connaître un peu ce monde ? D'une vie à l'autre, tant de différences donnent le vertige, encore, et nous plongent ici même, sans aller plus loin, dans l'étourdissante spirale de l'inconnaissable et de l'incommunicable.

Si tu arrives un jour jusqu'ici, tu liras bien d'autres témoignages que le mien. Le chantier sera immense pour toi. Il te faudra décrypter toutes nos productions. Tu ne manqueras pas de points de vue. En attendant, permets-moi néanmoins de me substituer à cet homme virtuel qui serait composé d'un peu de chaque humain. Ou à cet homme tant de fois réincarné qu'il aurait parcouru toutes les existences.

Je ne suis pas de tous les pays, je ne suis pas de tous les destins. Je ne suis qu'une parcelle infime de cette superstructure ronde, je ne suis qu'une portion ridiculement petite de l'espace-temps. Je suis né ici, je vis là. Sans avoir tout vu, sans avoir tout vécu. Mais je ne me tairai pas. Mon statut de terrien, mon corps d'homo sapiens sapiens, les deux lobes de mon cerveau, et mon âme (si elle existe et où qu'elle se loge) sont aussi un monde.

Je ne sais si en chacune des parties de ce tout que constitue pour nous cette étroite bande d'atmosphère, je ne sais si en chacun de nous s'exprime une forme de totalité. Mais ce que je sais, c'est précisément que ce statut m'impose peut-être un devoir.

Dépositaire d'un esprit et d'un langage, je dois dire ce qui m'étreint, je dois transmettre mes joies et mes doutes. Que celui qui peut dire parle. Puisqu'il ne peut pas parler pour tous, qu'il parle en son seul nom.

Mais toi, mon ami étranger, reçois ces lettres comme une main tendue. De moi à tous les autres, il y a peut-être autant de distance qu'entre la terre et ta planète. Je me dis pourtant certains jours, certains matins moins chagrins ou certains soirs de belle lumière, qu'une communauté de destin m'unit à tous ces corps qui s'agitent sur notre sphère bleue.

Je t'écris, cher E.T., parce que j'aime la vie (dois-je dire « ma » vie ?) et que peut-être je fais le rêve un peu fou de te confier dans ces pages un peu de ces pulsations. Suffisamment pour que tu les recueilles, ondes faibles et discontinues à de telles distances, et que tu sois à ton tour le dépositaire de ce feu qui brûle en moi, qui brûle en nous.

Sur notre planète qui tourne il fait jour ici quand il fait nuit là-bas, et les saisons du nord ne sont pas celles du sud. Oui, E.T., je ne suis qu'un parmi tous ceux-là, mais unique et éphémère comme tous ceux-là. Si je ne peux donc pas être une voix qui sortirait de l'immense bouche de la terre, je prétends néanmoins partager avec toi, cher ami éloigné, un peu de ce mystère que nous appelons la vie.

Aujourd'hui, le froid s'est invité chez nous pour la première fois depuis le début d'un automne clément. C'est encore à la nuit que j'achève cette deuxième lettre. Connais-tu toi aussi, dans ta lointaine planète, la beauté des saisons ?

À très bientôt. Ton frère terrien.

3

Cher E.T.,

Je te parle donc de la terre, une planète qui tourne autour du soleil. Me voilà bien embarrassé pour t'en dire davantage. Je connais mal mon adresse interstellaire. À cette échelle, je m'égare vite. Je tâcherai, un jour prochain, de pouvoir te donner plus de précisions. Je vais me renseigner. Nos savants sauront m'aider, ils déchiffrent chaque jour un peu mieux notre place dans le cosmos, mais découvrent chaque jour aussi que la vérité s'éloigne quand ils s'en approchent. Je me demande souvent comment ils font pour ne pas se laisser happer par ces immensités, comment leur esprit parvient encore à raisonner dans de telles dimensions.

C'est l'une de nos plus grandes énigmes, E.T., que de notre infinie petitesse nous parvenions tout de même à nous projeter, même si ce n'est qu'en imagination, dans de telles grandeurs. Hier encore, un de nos vaisseaux est parti pour Titan, un satellite de Jupiter. Le voyage durera sept ans, ce qui, à notre échelle, est très long.

Le temps d'une enfance. Sept fois quatre saisons. Mais pour toi, cette durée a-t-elle la même valeur ?

N'étant sûr de rien, je te parle comme si tu ignorais tout. Mais tu sillonnes peut-être depuis longtemps les parages de notre planète. Beaucoup, ici, le croient fermement, et témoignent de leurs rencontres avec vos avant-gardes qui ne sont peut-être que des vaisseaux égarés. Les récits ne manquent pas, des photos circulent et on s'interroge sur leur authenticité, des films se font et participent à faire de vous, E.T. de toutes provenances, un mythe tenace. On nous cacherait, dit-on couramment, la vérité. Moi-même je suis peut-être contaminé par cette théorie du secret, mais malgré de nombreux films à grands spectacles qui vous imaginent en barbares haute technologie, robots sans cœur, soldats cuirassés de titane et maîtres d'armes terrifiantes, je n'arrive pas à te croire habité par de cruelles intentions.

J'aurais pourtant de bonnes raisons de penser que tu puisses débarquer ici en ennemi. La guerre fait tellement partie de notre histoire qu'il serait naturel que tu veuilles toi aussi te rendre maître de notre territoire et nous assujettir à tes lois.

Quand nos ancêtres navigateurs et explorateurs européens sont arrivés sur des terres inconnues, ignorées jusque-là par les géographes, quand ils ont découvert des peuples aux mœurs et aux coutumes différentes des leurs, ils n'ont pas tardé à leur imposer leurs propres lois par la force et à les réduire à l'esclavage. L'Europe n'est pourtant qu'une petite partie de notre planète. Tout cela est récent, et nous n'avons pas fini, aujourd'hui, d'évaluer les conséquences de cette rencontre ratée.

Ces navigateurs embarqués dans des voyages au long cours vers des destinations improbables se trouvaient sur la mer comme vous l'êtes peut-être dans l'espace, lancés à la recherche de planètes nouvelles. Je ne voudrais pas que la même cruelle histoire se reproduise. Je ne peux pas te promettre un accueil chaleureux de tous les humains, mais je peux au moins tenter de préparer cet abordage, pour que cette rencontre d'un certain type ne se termine pas elle aussi en un massacre effroyable.

Voilà encore une raison, cher E.T., de m'adresser à toi, et à toi en particulier, je veux dire à toi qui le premier me liras, le premier qui découvriras ces lettres écrites du bout d'une galaxie, frêles échos d'une vie que j'aime trop pour ne pas essayer, à ma modeste place, d'en garder une empreinte, même fragile, toujours menacée par l'effacement. Car si par malheur, et malgré votre avancée scientifique et spirituelle, vous en veniez à conclure qu'il faut nous effacer de la terre, je voudrais être celui qui intercède pour cette espèce, certes folle et dangereuse, mais porteuse d'un souffle de vie dont je sens, à défaut de pouvoir le prouver, qu'il doit continuer à se perpétuer car quelque chose me dit, cher E.T., que nous n'en sommes qu'au commencement.

Ainsi, si ce sont tes nacelles volantes qui touchent en premier notre terre, et avant qu'elle ne soit dévastée, l'histoire, selon notre logique humaine, voudrait que nous devenions cette fois-ci les esclaves de votre civilisation que l'on imagine généralement plus avancée que la nôtre. Les arcs des Indiens ne pouvaient rien contre les fusils des Européens. Nos bombes, mêmes nucléaires, ne suffiront pas contre vos armes sophistiquées. Nos avions, mêmes supersoniques, ne pourront pas lutter contre vos soucoupes volantes qui auront franchi le mur de la lumière. C'est pour cela aussi que je t'écris, cher E.T., pour t'envoyer un message de paix afin que la guerre des mondes n'ait pas lieu.

Mais comment pourras-tu me croire si tu parcours nos livres d'histoire ? Quand tu auras compris que cette planète, pourtant petite, ne cesse d'être le lieu de combats, de massacres, d'horreurs sous toutes ses formes. La guerre semble l'état naturel, et la paix une construction très difficile, toujours menacée. Pourquoi en serait-il autrement avec vous ? Ici on se bat parfois pour d'infimes parties de terre, ridiculeusement petites à l'échelle de la planète, et donc infinitésimales à l'échelle de l'univers. Tu riras peut-être de notre acharnement à nous tuer les uns les autres et à trouver toujours de nouvelles raisons de continuer. Quand ce n'est pas la terre elle-même, ses ressources, son découpage en territoires, ce sont parfois la couleur de la peau, les façons de vivre, le nom donné aux dieux, qui suffisent à opposer des hommes à d'autres hommes. Rien ne semble pouvoir arrêter cette fureur destructrice, et il se peut que tu nous observes depuis longtemps en attendant simplement la fin de notre civilisation humaine. Cette hypothèse-là me fait souffrir. Tant pis, je te l'ai dit dès le début de cette étrange correspondance : je livre ce courrier au futur, et j'en accepte donc toutes les incertitudes.

Nous sommes nos pires ennemis. Nous inventons chaque jour un peu plus les moyens de notre propre destruction. Et comme si les guerres ne suffisaient pas, nous détruisons aussi notre environnement par une exploitation sans modération de notre patrimoine écologique. L'air devient irrespirable. Notre planète se réchauffe, dit-on, dans des proportions qui vont menacer nos modes vie actuels. L'eau risque de manquer, demain nous nous battrons peut-être aussi pour cela. Comment parler, dans ces conditions, d'un souffle de vie à protéger ?

Il vous suffit donc d'être patients, d'autant que votre échelle temporelle n'est certainement pas la même que la nôtre et que notre capacité d'autodestruction s'est brutalement accélérée depuis quelques-unes de nos décennies.

« Patience, patience dans l'azur » a écrit l'un de nos poètes (il faudra que je t'explique ce que sont les poètes), « Chaque atome de silence / Est la chance d'un fruit mûr ». Mais pour toi, E.T., la terre, ma terre, notre terre, risque de n'être qu'un fruit pourri. Un autre poète a écrit « La terre est bleue comme une orange », mais les poètes ne suffisent pas à sauver le fruit. C'est pour cela encore que je t'écris. Si le cynisme gagne les rangs de ton peuple, tâche de convaincre tes congénères de ne pas attendre tout à fait la fin de notre décadence. Recueillez au moins l'un de nos derniers souffles, pour que l'histoire continue. Nous sommes un poème inachevé. Je compte sur toi, cher

E.T., pour nous aider à trouver de nouvelles rimes. Pourquoi ne serais-tu pas poète, toi aussi ?

C'est étrange. Ce soir, une étoile que je regarde dans le ciel semble ne briller que pour moi. Curieux animal que cet homme-là, capable de toutes les cruautés, et capable d'imaginer qu'à des années-lumière de sa modeste demeure, il pourra faire entendre son éloge de la vie. Il lui suffit d'une étoile dans le ciel pour croire que tout est encore possible.

À bientôt. Je t'écrirai encore probablement avant la fin de cette saison qui reste étonnamment clémente autour de ma maison. Les feuilles, patientes elles aussi mais résignées, s'accrochent encore aux arbres. Elles commencent seulement à changer de couleur. C'est leur façon de mourir en beauté.

Ton frère terrien.

4

Cher E.T.,

Je crois qu'il me sera difficile de t'écrire à d'autres moments que pendant la nuit. Il me semble que c'est là, dans ce territoire nocturne, que nous pouvons nous entendre. La maison est calme. Tout dort (il faudra que je te parle du sommeil des enfants). Ce silence nous va bien. On peut imaginer que rien ne vient brouiller notre curieuse communication. Ce n'est bien sûr qu'une illusion. Tout s'agite encore pendant que je tape sur ce clavier éclairé seulement par la petite lumière très blanche d'une lampe de bureau. Des enfants naissent, des hommes et des femmes meurent, on s'aime, on se tue. Rien ne s'arrête jamais, mais j'aime ce leurre nocturne qui me fait croire à une trêve, à une pause. J'habite cet instant comme une île, j'entre dans l'écriture comme dans une bulle. Je ne recherche pourtant pas la solitude, je ne fuis pas ce monde qui m'offre tant de joies possibles, je ne renie rien de ma vie quotidienne, mais je fais de ces phrases une aventure, et cela d'autant plus depuis que je me suis embarqué dans cette folle correspondance.

Je n'ai aucune certitude que ces lettres soient un jour décryptées par qui que ce soit, et encore moins par toi, lecteur venu d'ailleurs. Mais comme le navigateur partait vers l'horizon sans savoir s'il toucherait un nouveau rivage, j'ai entamé une sorte de voyage solitaire vers une destination très incertaine. Je pense, ce soir, à ceux qui les premiers se sont lancés dans l'aventure de l'aéropostale, prenant des risques insensés pour porter le courrier sur des continents éloignés du nôtre. Ce n'est pas si ancien que cela. Peut-être parfois n'emmenaient-ils que de futiles correspondances, ou seulement des mauvaises nouvelles. Qu'importe, il fallait passer. Plongés eux aussi dans la nuit, se guidant sur les étoiles, ils rêvaient peut-être à des lettres d'amour qu'ils transportaient dans la soute de leur avion. Ils ne savaient pas quels mots ils faisaient voler au-dessus des mers, des océans, par-delà les chaînes de montagnes, mais ils sentaient confusément qu'ils accomplissaient quelque chose d'essentiel : ils aidaient à relier les hommes. Ils prenaient le risque d'échouer, bravant le ciel comme d'autres avant eux avaient bravé les mers.

Quant à moi, je ne risque rien. Piètre aventurier que cet homme posé sur une chaise confortable et tapant sur un clavier, douillettement installé dans une maison confortable et sûre. Est-ce futile pour autant ? Je ne sais ce qui me pousse à croire que non. C'est ainsi. Je ne peux rien prouver, mais je sais que je vais continuer. Certains de nos scientifiques disent que le simple battement d'une aile de papillon d'un côté de notre planète ronde peut avoir des conséquences sur ce qui va arriver aux antipodes. Peut-être sont-ils plutôt des poètes que des mathématiciens. Mais je me plais à me rêver en papillon, et à croire ce genre d'équation.

Je ne me préoccupe donc pas beaucoup de la réussite de cette mission dont je me suis investi sans que personne ne me le demande. En ce qui me concerne, n'ayant pas le pied marin et ne sachant piloter ni avion ni fusée, c'est en marcheur que j'aime aborder le monde (il faudra aussi que je fasse à ton intention l'éloge de la marche, tant qu'il est encore possible de la pratiquer). Écrire, c'est une autre manière de marcher. Je ne sais où je vais. J'ai choisi une route non balisée. Je risque de longtemps errer dans un labyrinthe. Je ne sortirai pas de ces chemins qui ne mènent nulle part puisque je fais une hypothèse que notre esprit humain, encore très limité, a aujourd'hui beaucoup de difficulté à imaginer. Je n'obtiendrai aucune certitude avant de disparaître, ou de me transformer si comme je le crois notre mort n'est qu'un passage. L'important sera de pouvoir dire : j'ai marché. À chacun son rôle. À chacun sa rime. L'extrême degré d'incertitude qui pèse sur la réception de ce courrier intergalactique ne m'empêche pas de faire confiance au facteur temporel.

Ainsi, si comme je l'espère tu reçois un jour (ou serait-ce une nuit ? connais-tu toi aussi dans ton lointain pays l'alternance du clair et du sombre ?) ces lettres écrites par un humain très ordinaire, tu te demanderas probablement pourquoi malgré les catastrophes, malgré l'acharnement guerrier, malgré la férocité des hommes et la dureté de certains destins, malgré tout ce qui se perd, malgré tout ce qui s'écroule, tu te demanderas pourquoi je continue à t'écrire, un parmi des milliards, fragile brin de vie alignant les phrases sur un écran sous les étoiles. La réponse est simple : précisément à cause de tout cela.

Je suis un enfant. Je n'ai après tout que quelque cent mille ans. Ou peut-être quelques millions d'années. Nos savants ne sont pas tous d'accord sur cette date de naissance. Mais c'est un détail, finalement. Que représente cela sur l'horloge cosmique ?

Notre espèce est jeune, mais sa fin est peut-être proche. Beaucoup le prédisent, mais je ne parviens pas à me contenter de noter les signes avant-coureurs d'un désastre annoncé, ou à raconter par anticipation une proche apocalypse. C'est une autre sorte d'anticipation qui me préoccupe. Je veux te parler, en avant-première, d'un temps d'avant les ruines, je veux te dire à quel point la vie est un miracle, je veux témoigner à ma manière, participer à l'avant-garde pacifique qui prépare des surlendemains qui chantent plus harmonieusement, t'envoyer un message personnel, à toi en particulier, cher E.T. inconnu mais déjà familier, de l'un à l'un, car face à la perspective du déclin je ne peux me résoudre à penser que tout puisse se perdre. Certains diront que c'est une faiblesse. Je crois au contraire que c'est notre grandeur.

Je veux à ma façon me projeter plus loin, dans l'espace et le temps, et c'est ainsi que j'ai naturellement pensé à toi, habitant d'ailleurs, pour te confier quelques traces de ma vie, une vie parmi tant d'autres, une petite vie, mais un petit trésor archéologique à partir duquel, peut-être, tu pourras reconstituer ce que nous étions.

Bien entendu tu ne manqueras pas de reliques en tous genres que tu pourras trouver, je n'en doute pas, même sous une épaisse couche de cendres ou de glace, ou engloutis sous les eaux. Mais quelle synthèse pourras-tu faire ? Quelle conclusion pourras-tu en tirer malgré ta grande intelligence ?

Ne cherche pas, je t'en prie, à en déduire une seule Vérité. Ce mot, quand il est au singulier, est l'un des plus laids parmi toutes nos inventions verbales alors que beaucoup l'estiment comme le plus beau. Au nom de ce mot, on commet trop de crimes. Il faudrait savoir y renoncer. Je ne te livre donc aucune vérité mais un exemple parmi une infinité.

Je cherche néanmoins à te convaincre. Laisse encore une chance à cette jeune espèce, aide à grandir cette enfance de l'humanité. Quelque chose me dit que tout est encore possible. Avec de la patience, de la patience dans l'azur…

Aujourd'hui, j'ai regardé des photos prises l'été dernier. Dehors, depuis quelque temps, il fait un peu plus froid. C'est un sentiment curieux, à la fois délicieux et un peu cruel, de regarder ces images d'un temps déjà passé. Je t'avoue que je m'y complais assez souvent, sans savoir si j'y cherche un réconfort ou si je cultive une sorte de mélancolie. Plongé comme ce soir dans la nuit automnale, j'ai du mal à croire à la réalité de ces images en plein soleil, de nos visages souriants dans la douceur estivale. Et pourtant cela fut. C'était hier. Je recherche de plus en plus souvent des images de ces jours plus ou moins récents où je retrouve d'autres lieux, d'autres chemins, d'autres moments. Au-delà du jeu parfois facétieux du rapprochement de ces diverses époques d'une même vie, je trouve dans cette confrontation une énergie toujours renouvelée.

L'hiver n'est jamais éternel. Il est seulement plus ou moins long. C'est ce que se disaient ceux parmi nous qui ont vécu la guerre. Ceux-là n'étaient pas confortablement assis devant un écran d'ordinateur. Mais c'est pour eux, aussi, que j'écris ce soir malgré la fatigue qui pèse sur mes paupières. Car c'est la nuit qu'il est beau de croire à la lumière. Encore une phrase de poète. Décidément, les mots ne nous sauvent de rien, mais ils peuvent nous aider à garder allumée une sorte de flamme, sans réelle substance, une notion certes mal définie et peu scientifique mais dont les effets sont bien réels. Les hommes ont depuis longtemps cherché des mots pour cette lumière intérieure. On a dit l'âme, on peut dire : le feu sacré. En écrivant à son amante, un poète, encore un, écrivait : « Mon âme a plus de feu que vous n'avez de cendre ». C'est la nuit qu'il est beau de croire à de telles devises.

Qu'elles sont belles ces images ! Mes enfants posent en riant pour le photographe paternel. L'une garde un nounours sur sa poitrine. L'autre fait une grimace. Ma femme est assise au soleil au milieu d'un grand champ éclatant de verdure. Quel que soit le présent, et notamment s'il me semble trop dur, ces images me rappellent qu'il y eut un été, qu'il y eut des dimanches de la vie, et que quoi qu'il arrive ce ne fut pas en vain. Cela est inscrit quelque part, dans une sorte de grand livre du temps, dont j'imagine les pages spiralées. Je quitterai un jour (peut-être tout à l'heure, peut-être dès demain) la face visible de notre réalité, mais j'aurai vécu. En revoyant ces images sur mon écran, je sais que j'ai composé mon passé. Ce n'est qu'un décalage de temps : présent ou passé composé. Mais cela ne change rien. Ce qui a été est encore, et sera.

« Rien ne se perd tout se transforme ». Je suis décidément un puits à maximes. Je garde cette habitude d'une longue pratique de lecteur cueilleur de citations. J'espère que cette manie, cher E.T., ne te détournera pas de ta lecture. Il ne s'agit pas de poésie cette fois-ci. Cette phrase-là fut d'abord celle d'un savant, d'un de ceux qui cherchèrent à comprendre de quoi est faite notre matière. Mais d'autres avant lui, qui n'étaient pas chimistes, avaient exprimé avec d'autres mots que la vie n'est qu'un passage, et la mort une simple métamorphose. Est-il donc vraiment étrange que ce soir, en regardant ces images du bonheur de l'été, j'en arrive à la même conclusion ? Si rien ne se perd, pourquoi ces mots que je t'envoie se perdraient-ils ?

Je n'avais pas encore levé les yeux vers la fenêtre. J'écris ce soir encore au clair de la lune. Et tu es mon ami, même loin, même absent, même inconnu.

Ton frère terrien.

5

Cher E.T.,

Ne te vexe pas de ce que je vais te dire : la question de ton existence ne me préoccupe pas vraiment. J'ai décidé de t'écrire. Cela suffit à te faire exister. Je ne peux néanmoins m'empêcher parfois de vouloir te donner une forme. Tu hantes l'imaginaire des hommes depuis plusieurs décennies de notre calendrier mais nos auteurs ne font pas toujours preuve de beaucoup d'imagination.

La plupart du temps, dans notre imagerie collective, tu es affublé d'une grosse tête, pour loger ton gros cerveau, et d'un petit corps lisse, car le poil est signe d'animalité. Quant aux deux grands yeux globuleux, à tes oreilles pointues, et à ta couleur verte, je ne sais comment les justifier. Ce sont des récits de rencontres avec tes envoyés spéciaux qui ont semble-t-il permis d'élaborer ton portrait-robot. À moins que ce ne soit l'inverse…

Étrangement, cher E.T., je ne cherche pas à creuser la question. Je me fie seulement aux statistiques, moi qui suis pourtant plutôt poète. L'univers étant infini, il n'y pas de raison de penser que la vie n'a pas pu se développer ailleurs que sur notre planète. Amibes, bactéries, acides aminés, molécules d'eau, cette forme de vie n'est peut-être qu'embryonnaire, et si malgré tout tu existes déjà comme une entité consciente (il faudra que j'essaie de te parler de la conscience), tu prends probablement un aspect très différent du nôtre, et aussi très différent de toutes ces représentations imagées dont raffolent mes contemporains. Cela, cher E.T., ne doit rien changer à notre relation. Grosse tête ou pas de tête du tout, deux jambes ou dix pattes, cinq doigts ou mains palmées, combinaison verte ou carapace à écailles, je ne te demande pas de ressembler à l'image que nous nous faisons de toi. Probablement tu ne ressembles à rien de ce que nous connaissons mais cela n'a aucune importance pourvu que tu décryptes ces lettres. Certes il m'est plus facile de te visualiser avec quelques ressemblances corporelles qui pourraient résulter d'une évolution à peu près semblable de nos arbres génétiques. Si c'est sous cette forme que nous sommes devenus des super-prédateurs, il est possible de penser que c'est sous une forme approchante que tu as réussi à coloniser ta propre planète. Mais c'est une hypothèse très improbable. D'autres espèces que la nôtre ont régné chez nous. Est-ce le hasard qui les fit disparaître, ou était-ce inscrit dans le programme de notre évolution ? Et s'il y a un programme, qui est le programmateur ?

Parmi ceux que l'hypothèse de ton existence fait fantasmer, certains prétendent que tu es déjà parmi nous, que tu nous surveilles en ayant pris forme humaine. Je crois que je serais néanmoins un peu déçu par cette fonction d'espion. Je préfère te prêter des apparences très différentes, même monstrueuses (la laideur est toujours très relative, mais il faudra que je te parle de notre beauté), plutôt que t'imaginer incognito.

En même temps, cela simplifierait la transmission de ce courrier. Il se pourrait même alors que tu sois capable de me lire en direct, par captation du disque dur de mon ordinateur. Tu serais un pirate informatique. Probablement très doué. C'est un sentiment curieux que de penser que tu puisses alors lire ces mots au moment même où je les écris. Si c'est le cas, n'hésite pas à m'envoyer ton adresse électronique, ce sera encore plus simple. Mais peut-être trop simple. Je doute, cher E.T., que je veuille en savoir trop sur ton compte, je te le répète. Je suis partagé entre le désir de te connaître et celui de pouvoir tout imaginer. Il faut que tu me comprennes : je mise beaucoup sur toi, comment supporterais-je d'être déçu ? Alors, finalement, si tu es déjà l'un des nôtres, reçois mon message mais n'en fais pas usage avant que j'aie quitté cette planète bleue. Ne me réponds pas, laisse-moi monologuer.

Il y a d'autres possibilités. Il se peut que tu nous aies depuis longtemps aperçus dans tes télescopes et que tu nous observes comme des insectes. Tu es un savant passionné et le soir, en retournant dans ta tannière-maison, tu racontes à ta famille tes observations de la journée, évoquant les terriens comme de tout petits animaux qui s'agitent sur leur miette d'étoile toute ronde. Nous sommes astronomes. Tu es entomologiste.

C'est ce qu'imaginent aussi, peut-être, les fourmis que nous écrasons sur leurs chemins de processionnaires, sans savoir que cela est vrai, et qu'en effet nous faisons en une heure d'avion un trajet que jamais elles ne pourront effectuer dans leur monde microsmique et dans le temps de leur brève existence, une distance qui leur paraît à jamais infranchissable, mais que pourtant nous parcourons sans peine. J'imagine l'une de ces fourmis, égarée dans un colis en partance pour l'autre bout de notre monde, par-delà les océans. Aurait-elle pu penser que cela serait possible ? Nous sommes face à l'univers comme nos insectes sur notre planète. L'infini n'est peut-être qu'une question de proportions, et je crois que je suis, finalement, comme ces premiers hommes dont je te parlais dans une lettre précédente, ceux qui situaient la fin du monde guère plus loin que l'horizon visible. Nous nous posons encore la même question : où est le bout ? Ou plutôt, ce qui revient au même : où est l'origine ?

Comment se fait-il, cher E.T., que cette question nous taraude à ce point alors qu'elle ne concerne pas directement le problème des moyens de subsistance et d'existence sur notre planète ? Le plus étrange est que cela ne concerne pas seulement les nantis parmi les hommes, ni seulement ceux qui s'adonnent par fonction ou par plaisir à des spéculations intellectuelles.

C'est l'une des aptitudes les plus étonnantes de notre espèce humaine que de pouvoir se consacrer à des activités qui ne concernent pas seulement sa survie, comme se projeter, par exemple, au-delà de la durée d'une existence terrestre. Ou vouloir communiquer avec un destinataire aux contours si flous. Ou s'interroger sur ses origines. Il semble que ce soit lié à cette fameuse « conscience », élément essentiel de notre évolution qui garde bien des mystères et que nous avons coutume de situer dans notre cerveau (voir schémas de cet organe mou un peu partout dans les documents que tu trouveras), là où s'inscrit le programme de chacun d'entre nous, et où s'est écrit aussi, dit-on, une partie de notre mémoire collective. Le voyage que je fais en t'écrivant, mon instinct me dit qu'il faudrait aussi l'entreprendre à l'intérieur de cet autre labyrinthe que nous portons dans notre boîte crânienne. Mais à qui parler dans les méandres mous de la matière grise, à part à moi-même ? En me tournant vers les étoiles et le ciel, au moins ai-je davantage d'espoir de trouver un écho à mon cri silencieux.

Ce pari que je fais, cela aussi peut sembler inutile. Et pourtant je ne peux m'empêcher de continuer à y croire. Le plus étrange est que l'affirmation de cette inutilité par quelque raisonnement scientifique ne suffirait pas à m'arrêter. Face à l'implacable démonstration, je crois que je continuerais tout de même. Nous disons parfois ici : « pour la beauté du geste ». C'est aussi cela, la poésie.

Il est habituel, cher E.T., d'achever chacune de nos lettres par une formule de politesse. Je t'offre cette fois, en guise de conclusion, la beauté de notre lune d'automne qui, ce soir, s'affichait en grand format et dans des couleurs roses juste au-dessus de l'horizon courbe de nos collines. Le beau n'existe pas, mais nous l'avons inventé. C'est pour te dire cela, surtout, que je t'écris.

Amicalement. Ton frère terrien.

6

Cher E.T.,

Aujourd'hui j'ai brûlé au fond du jardin les feuilles ramassées sous les chênes. La flamme était petite, et je la ranimais quand elle s'éteignait en remuant doucement le tas de cendres pour lui redonner de l'air.

Le ciel était bleu, comme il peut l'être ici en toute saison, d'un bleu qui pourrait faire croire que la paix existe, mais il faudrait ne pas voir plus loin que ce tas de feuilles qui brûle lentement et dont la fumée épaisse se dilue dans l'air froid. Il ne faudrait pas voir plus loin que ces trois cyprès, que ces quelques chênes, pas plus loin que ce bout de jardin.

Je suis longtemps resté là, appuyé sur mon râteau, à regarder la petite flamme qui gagnait de la vigueur en dévorant peu à peu les feuilles sèches, fasciné comme l'ont été probablement les premiers hommes devant leurs premiers feux domestiqués.

C'est vers le passé le plus lointain que je me tourne alors, pour imaginer ce que pouvaient penser mes lointains ancêtres en regardant danser la flamme. Avec cette manie de voyager dans le temps, je me retrouve ainsi souvent écartelé entre le temps des apprentissages et le temps des bilans. Qu'avons-nous fait de nos savoirs ? Qu'avons-nous fait depuis ces premiers feux dont les fumées s'élevaient devant les grottes ? 500 000 années, est-ce vraiment encore l'enfance de l'homme, la préhistoire de l'harmonie ?

Il vaudrait peut-être mieux que je ne songe qu'à ce feu-là, mon petit tas de feuilles de chênes, mais mon esprit m'emporte malgré moi, comme si dans mon cerveau j'ouvrais des portes sur d'autres temps. C'est grâce à lui que je voyage ! Et peu importe qu'une porte reste obstinément fermée, et que ce soit probablement celle de l'avenir. Comme un enfant, évidemment, c'est celle-là que je voudrais ouvrir, c'est derrière cette porte que je veux aller voir, mais je sais qu'elle me sera toujours interdite. Alors je t'écris, et c'est ma manière d'inventer d'autres portes, que j'ouvre à ma guise.

Ce dimanche bleu, cette odeur de fumée sur mon pull, la bonne chaleur de la tasse de thé, tout cela aurait pu aujourd'hui me réconcilier avec tous mes semblables. En de tels instants, on peut croire que tout est simple. Mais les nouvelles du monde ne sont pas bonnes. Le râteau est une arme efficace contre une certaine forme de tergiversations intellectuelles, mais que peut le jardinier, même le plus appliqué, contre la folie des hommes ?

Peu importe la nature de cette actualité sordide, dérisoire présent qui se perdra dans le futur de notre rencontre. Inutile que je te raconte. D'ici que tu lises ces lettres, bien d'autres exemples auront illustré la monstruosité des hommes. Et même si tu me lis en ce moment même, si tes antennes captent mon message de terrien d'une manière ou d'une autre, les exemples te paraîtront moins utiles que les idées générales pour essayer de comprendre ce que nous sommes. C'est pour cela que j'ai essayé jusque-là de ne pas m'appesantir sur le détail. J'ai voulu éviter de soumettre à ta vision macroscopique des éléments que l'on pourrait juger microscopiques à l'échelle de notre correspondance.

Pourtant, parmi ces détails, je ne peux m'empêcher de penser que certains sont énormes. Vue de haut, en effet, la planète est bleue. Vu de haut, tout est beau. Mais au ras des pâquerettes, ce n'est pas toujours brillant. Plutôt rouge sang.

Parmi les nouvelles du jour, l'une nous apprend qu'une fillette a disparu. Ce n'est rien, dans notre grand magma cosmique. Mais pourtant… Elle revenait de l'école, à pied, tout simplement. Elle devait penser à ce qu'elle allait faire en retrouvant sa maison. Elle pensait peut-être à son petit chien, qui comme chaque jour allait l'accueillir en courant dans l'allée du jardin. Elle pensait peut-être à sa mère qui était en train de préparer son goûter. Elle chantonnait, comme elle le faisait souvent. Elle marchait et c'était presque comme une danse, la danse de l'enfance triomphante, la danse de l'innocence. Elle souriait. Sur son dos, le cartable était un peu lourd, mais rien ne pesait vraiment sur elle, rien ne semblait avoir de prise sur ses épaules fines et frêles, sur ce corps sautillant de petit oiseau. Elle avait hâte d'arriver dans sa maison, dans la chaleur de sa maison, et en même temps elle savourait sa liberté sur ce court trajet qu'elle empruntait chaque jour. Elle n'oubliait pas de regarder le chat chez le vieux monsieur qui habite la maison aux volets bleus, ou de suivre des yeux la chute d'une feuille qui venait achever sa course à ses pieds sur le trottoir. Elle donnait un coup de pied dans un petit tas de feuilles mortes regroupées dans le caniveau. Elle allait annoncer à sa maman qu'elle avait eu une bonne note au devoir de français. C'était un beau jour, à la fois ordinaire et sublime comme le sont les jours de l'enfance.

Et pourtant elle a disparu. Elle n'est jamais arrivée dans sa maison. Son chien l'attend encore. Il ne comprend pas. Mais il attend. Son père l'attend aussi. Sa mère pleure. Une petite fille, ça ne disparaît pas toute seule. Pas elle en tout cas, pas une petite fille comme ça, avec une gaieté comme la sienne, avec un sourire comme le sien. Comment se peut-il que cela arrive ? Beaucoup de choses arrivent, je le sais bien. Ce n'est qu'une nouvelle parmi tant d'autres nouvelles. Il y a partout des petites filles qui souffrent, des enfants qui meurent, et des parents qui pleurent. Mais j'ai vu sa photo sur l'écran de ma télévision. Elle ressemble tellement à l'une de mes filles…

Ce devrait être insupportable, E.T., une petite fille qui s'évapore. Et pourtant nous le supportons, et son chien attend, et son père ira placarder un peu partout des photos de cette fillette blonde aux yeux clairs. Et sa mère va vivre, malgré tout. Notre espèce humaine a d'incroyables résistances face à la douleur. Je ne sais pas si c'est une force ou une faiblesse.

Il pourra te paraître incompréhensible, cher E.T., que j'accorde soudain une telle importance à une simple nouvelle comme celle-là parmi tant d'autres à la surface de ma planète, parmi tant d'événements liés par d'obscures trames de causes et d'effets, autant de nœuds qu'il nous est souvent difficile de dénouer.

C'est vrai, j'ai quitté les étoiles. Je suis tout entier dans cette maison qui attend, qui espère, qui désespère. J'en oublie mes voyages intergalactiques. Les portes de mon cerveau sont fermées. Je suis repassé dans une autre dimension. À ras de terre. Je refais dix fois, cent fois, mille fois, ce court trajet entre une école et une maison, une distance qui ne se mesure pas en années-lumière. Quelques pas seulement. Trajet microscopique dans notre seule galaxie, cher ami lointain, et c'est là pourtant que je me tiens ce soir, incapable de bouger, incapable de comprendre que cela puisse arriver quand tout devrait être si simple : une petite fille rentre à sa maison. Vois-tu, E.T., je sais que c'est un détail, un grain de sable dans l'univers, mais cela peut suffire à me faire perdre le sens des proportions. Je ne sais si c'est une force, ou une faiblesse.

Ce genre de détails, E.T., notre planète en produit des milliers à chaque seconde. Je ne demande pas que l'univers tout entier s'arrête pour autant de s'étendre à l'infini, ou que notre soleil s'obscurcisse à chaque fois. J'accepte l'épaisseur du temps, la profondeur de l'espace, et j'y trouve même un certain réconfort car je sais que tout peut y arriver, y compris que notre esprit s'y égare avant de retrouver une autre forme de vie, et que les esprits des aimés que la vie exila (encore paroles de poète) puissent d'abord errer en paix avant de s'incarner à nouveau dans une enveloppe charnelle ou toute forme que ce soit. Que tout cela soit possible, cher E.T., je n'en sais strictement rien. Peut-être sauras-tu éclairer ma lanterne en nous racontant ce que deviennent vos âmes défuntes (comment te parler de l'âme ?). Mais l'important est ailleurs.

Si un jour tu deviens, par hasard ou par nécessité, le gardien de notre planète, j'aimerais que tu veilles au moins à cela : que les petites filles ne disparaissent plus. Sous aucun prétexte. Que plus jamais une mère ne s'inquiète du retard de sa fille qui revient de l'école. Que plus jamais un père n'aille courir le monde à la recherche de son enfant perdu. Que plus jamais une chienne ne meure, couchée dans le jardin, sans avoir revu sa petite maîtresse.

Qu'importe, alors, si tu ne peux pas m'expliquer les mystères du grand passage. Je crois que je pourrai patienter un peu plus tranquille, et attendre que vienne l'heure, car à l'ultime seconde de ma présence corporelle sur cette terre ronde, je me souviendrai du visage riant de mes filles qui revenaient de l'école et à mon tour je pourrai sourire encore.

Je ne sais pas si c'est le hasard qui m'a fait écrire cette fois dans une nuit sans lune. Derrière la vitre, aucune étoile non plus. Cette saison qu'on appelle automne est, dit-on, celle de la mélancolie, une forme de vague tristesse qui envahit le corps et l'âme. Mon cœur ce soir est terriblement automnal, parce que malgré le bleu du ciel, malgré le feu de feuilles, cette fillette a disparu. Elle avait l'âge de l'une de mes filles. Comment se peut-il que cela arrive ? On peut comprendre bien des choses. Mais comment comprendre celle-là ? Le comprends-tu, toi ?

Cher E.T. si un jour tu dois t'intéresser à notre destinée, maître des lieux de quelque façon que ce soit, pourrais-tu au moins faire en sorte que plus jamais ne s'envolent sans nous les petites filles, et que ces enfants devenues femmes puissent vivre librement et sans violence ?

J'arrête ici pour ce soir ma missive insensée, et je vais aller déposer un baiser sur le front de l'une et sur la joue de l'autre. Je te souhaite de pouvoir toi aussi, un jour de passage sur la terre, regarder le sommeil d'un enfant.

Ton frère terrien.

7

Cher E.T.,

Cher E.T. je voudrais mettre une chose au point. Aussi loin, et le mot est évidemment faible, que tu puisses être, et quelle que soit la forme que prenne dans ton cas ce verbe *être*, aussi improbable que puisse se produire notre rencontre du troisième type, je voudrais te dire combien je parle à un frère et non à un dieu. Je n'ai pas besoin d'un être supérieur, si extraordinaire pourtant que soit ton avancée technologique. Je m'adresse à toi d'égal à égal. Ne vois pas dans cette mise au point un sursaut d'orgueil, ce défaut si répandu chez les terriens. Simplement, je veux te parler en ami, pas en fils.

Je n'ai pas besoin de te vénérer, de profiter de la totale incertitude sur ton existence pour échafauder rites et prières. Si j'admets le caractère insolite de ma démarche, si je sais que je joue à une roulette aux nombres infinis, j'en accepte l'impossible gain. Imaginer, comme je le fais certains soirs, la lumière de ton étoile, ne me fait pas pour autant tomber à genoux. Je veux rester droit. Et si je lève la tête vers le ciel avant de me pencher à nouveau sur mon clavier, c'est simplement parce que j'ai besoin quelquefois de trouver un ancrage physique à ma rêverie métaphysique.

Il se peut, et certains de nos savants en font l'hypothèse sérieusement, que notre présence sur cette île perdue dans l'univers te soit due en partie. Nous devons, en tout cas, quelque chose aux galaxies étrangères, car notre terre est une poussière d'étoiles. Certains, un peu plus farfelus, disent même que votre peuple aurait tenté sur notre planète une expérience. Nous habiterions une sorte de laboratoire, mais serions des créatures très indisciplinées, auxquelles il faudrait rappeler régulièrement le sens de notre présence ici. Et c'est ainsi que vous nous envoyez régulièrement des prophètes et des sages, des esprits plus subtils que les autres qui nous délivrent votre message d'harmonie.

Cela, je serais presque prêt à le croire. J'ai tant erré dans les livres, j'ai tant cherché de réponses à ma quête passionnée de signes et de sens, j'ai tant croisé les paroles des uns avec celles des autres, qu'il me semble en effet avoir trouvé une sorte de fil conducteur qui relie d'âge en âge quelques-uns de ces esprits éveillés qui nous ont rappelé l'essence de notre existence, qui nous ont dévoilé les illusions du moi. Ils ont tous dit la même chose : tout s'écoule, tout se transforme. À moins d'être aussi un voyageur dans le temps, tu ne pourras pas les rencontrer mais pour moi ce sont comme des amis, alors je te donne tout de même le nom de quelques-uns pour que tu n'hésites pas, si nécessaire, à aller visiter leur jardin intellectuel. Ils s'appellent par exemple Héraclite, Pythagore, Bouddha, Lao-Tseu, Montaigne, Diderot…

Ce furent surtout des voix d'hommes. Non pas évidemment parce que les hommes auraient davantage connaissance de ce qu'est la vie. Il serait comique de le penser, n'est-ce pas, puisque dans notre espèce, ce sont les femmes qui portent nos enfants et leur donnent la vie. Non, en fait, pendant longtemps les femmes n'eurent pas droit à la parole, en tout cas pas à l'expression de la pensée. Elles ont parlé autrement, en agissant, en maintenant coûte que coûte le désir de beauté et le fil de la vie. On ne leur a pas toujours demandé leur avis, et c'est pour ça que si tu viens ici un jour pour compléter nos travaux inachevés, je te conseille de décréter que demain sera féminin.

Et étrangement, c'est la première fois, ce soir, cher E.T., que j'imagine que tu puisses être une femme, que mon lecteur puisse être une lectrice. Peut-être même n'êtes-vous qu'un peuple de femmes, comme celles que certaines de nos anciennes mythologies ont imaginé en belles guerrières. Ou peut-être n'avez-vous pas deux sexes différents, ou, mieux encore, portez-vous en un seul les organes des deux. Je ne te cache pas que j'ai souvent rêvé de pouvoir concilier les plaisirs de nos deux sexes, comme cela est possible à certains de nos animaux… Mais je m'égare, je crois, en de futiles considérations. Disons que je vais t'imaginer androgyne, et tâcher d'oublier que je puisse te plaire ou te séduire. Il y a un temps pour tout, n'est-ce pas ? Je cherche à communiquer, à t'expliquer, peut-être à te convaincre, mais je dois renoncer à t'aimer. Ne vois là aucun dédain ni aucune cruauté. Aimer est déjà la chose qui nous est la plus difficile ici même. Malgré notre obsession pour ce mot que nous écrivons un peu partout, que nous chantons à tout moment, que nous mettons en images si souvent, nous réussissons rarement à lui donner vraiment un sens dans nos vies.

Par exemple, nous aimons facilement ce qui est aimable, et je sens bien que cela n'est rien par rapport à ce que nous devrions être capable de faire. Aimer ? Nous n'en sommes qu'aux balbutiements. Alors je préfère ne pas penser à aimer à une telle distance, celle qui probablement nous sépare, quand nous sommes encore incapables d'aimer à proximité.

Je ne voudrais pas, même si tu es la plus séduisante des créatures extra-terriennes, profiter de cette situation. Je veux dire que je dois me méfier d'une tentation, celle, précisément, de me bâtir un amour sur mesure en te parant de toutes les qualités, en auréolant ton absence, en chantant tes louanges sur tous les tons. Ce serait trop facile, et il y a plus urgent : continuer d'apprendre à aimer ceux qui sont présents à mes côtés sur cette planète, tous ceux-là, pas toujours aimables, avec lesquels je dois continuer de construire des abris pour y protéger la vie.

Rien n'est plus difficile, quoi qu'en disent tous ceux qui n'ont que le mot « amour » dans la bouche. Cette correspondance ne doit pas me faire oublier ce devoir urgent. Et je ne te demande pas même des recettes si tu en connais, ou une baguette magique si tu en as inventé.

Il faut que nous apprenions par nous-mêmes, même si nous sommes peu doués.

Je te le disais au début de cette lettre : je n'écris pas à un dieu, j'écris à un ami. L'amitié, voilà au moins une vertu un peu moins compliquée, et que nous savons pratiquer il me semble. Accepte donc de rester mon ami, même de loin, et tâche, en souvenir de cette amitié épistolaire, de nous aider tout de même un peu dans notre aventure que nous appelons parfois destin en pensant que quelqu'un, très loin là aussi, très haut, s'acharne sur nous pour nous désespérer et ruiner nos efforts. Moi, je ne le crois pas.

Ces mots-là, ceux que j'envoie ce soir encore dans la nuit, qui sait s'ils ne sauront pas, comme le battement d'ailes du papillon, contribuer à changer notre destinée collective. Aucun effort n'est inutile. Ou bien disons-le autrement : seul l'effort a un sens.

De grands coups de vent ont aujourd'hui déshabillé les dernières branches encore à effeuiller. Souvent j'aime lutter contre ce grand souffle qui règne parfois en maître dans le pays d'ici. J'aime cet effort inutile qui donne à ma marche un supplément d'âme. Je peux en tout cas m'amuser à le croire. Peut-être aimeras-tu toi aussi, un jour prochain ou très lointain, marcher à contre-courant, et peut-être te souviendras-tu de cet humain fragile qui racontait comment il jouait à mesurer sa pauvre force contre la grande poitrine du vent.

À bientôt. Ton ami de la planète terre.

PS : le vent dans le dos, bras écartés, et l'espace devant… il faudra que tu essaies aussi…

8

Cher E.T.,

En lançant ce caillou dans la voie lactée, je veux faire des vagues sur l'avenir. Est-ce pour racheter une vie somme toute assez banale ? Pour lui donner enfin un sens après lequel j'aurais couru en vain ? Peut-être. Mais pourquoi choisir cela plutôt qu'autre chose ? Et pourquoi croire que je serai celui-là : le messager des hommes ? Si je le suis, ce sera avec d'autres !

Car nous sommes de plus en plus nombreux à imaginer un avenir au-delà des frontières de notre planète ronde. Je découvre presque chaque jour des œuvres, mots ou images, qui projettent l'homme dans une conquête de l'espace pour sauver son espèce. C'est peut-être une solution de facilité. Moi, par exemple, vois-tu, je ne prends aucun risque. Je me rêve en aventurier mais je reste accroché à ce clavier comme à une bouée. Quelque chose instinctivement me pousse pourtant à me projeter dans un avenir très lointain, et ce n'est pas toujours facile quand on est amoureux de la vie, du présent, de l'instant.

Pourquoi m'adresser à toi et pas à mes semblables ? Est-ce une fuite dans la nuit des temps, une simple comète poétique à la trajectoire floue ? En écrivant ces lettres, je fuis peut-être ma responsabilité d'homme. Je pourrais être un soldat, un révolutionnaire, un saint... Je ne suis qu'un homme qui écrit. Et qui fonde le projet fou que ces mots puissent atteindre une conscience extra-terrestre, car je crois aux rebonds, sur cette planète que nous habiterons encore ou peut-être sur une autre où se seront posées quelques-unes de nos arches du futur, sur quelque Aldebaran ou Betelgeuse, quel que soit le nom joli de nos prochaines destinations.

Je choisis mon lecteur pas tout à fait par dépit mais probablement un peu par résignation. Mes semblables ne lisent plus beaucoup. Ils sont trop occupés à regarder des images hypnotiques. Je suis souvent déçu, cher E.T., par leur incapacité à choisir la meilleure façon de vivre le temps très court de leur passage sur notre Terre. Non pas que je sois moi-même exempt de tout reproche. J'ai souvent gaspillé mes heures, et toutes sont pourtant uniques, et aucune ne reviendra. Et en ce moment même, encore éveillé au milieu de la nuit, ne suis-je pas en train de perdre un temps précieux en continuant cette correspondance si aléatoire ? Aussi étrange que cela puisse paraître probablement à la plupart de mes frères humains, et certains soirs à moi-même, j'ai pourtant l'impression que je n'ai rien fait de plus important de ma vie.

Si tu nous découvres pour la première fois, et que nous sommes pour toi vestiges ou curiosités, tu démontreras peut-être que nous ne sommes finalement que molécules, gènes et acides aminés. Mais au moment où je t'écris, j'aimerais que tu parviennes à m'expliquer ce qui me retient devant cet écran alors que je pourrais aller m'allonger auprès de ma femme endormie ? Quelle curieuse attitude que n'ont ni les pierres, ni les plantes, ni les animaux ? Quel est le programme spécial que l'on a mis dans ma boîte à neurones ? Le programmateur est-il un amateur ? Un farceur ? Un pirate informatique ? Pourquoi tendre vers cet ailleurs alors que rien ne m'y oblige ? Pourquoi parler encore alors que tout pousse à me taire ?

Si ces lettres tombent entre les mains d'un humain mal intentionné, probablement s'en servira-t-il pour me figer dans une posture mégalomaniaque. Je le redis pourtant, au nom de notre connivence intersidérale et de notre sidérante correspondance, j'ai fait un rêve : que ces lettres envoyées dans le temps comme bouteilles à la mer, et bien plus fragiles encore, bien plus hasardeuses, changent la destinée du monde. Si nous ne le pensions pas, pourquoi écririons-nous ? Si nous ne pensions pas que ce qui est ainsi exprimé, jeté devant nous, pouvait agir sur le monde et la vie, pourquoi le ferions-nous ? Il vaudrait mieux rester peinard à se la couler douce au milieu de notre jardin clos.

C'est probablement folie de penser que les mots ont un pouvoir, et c'est folie encore plus grande de continuer tout de même à les aligner – hier sur une feuille, aujourd'hui sur un écran – et celui qui ainsi persiste à écrire dans la nuit des hommes, il croit peut-être que toute littérature est une sorte de prière, et sans doute il se leurre. Il devrait l'admettre une fois pour toutes. Pourtant, il revient encore devant son clavier, peut-être parce que, nichée dans les méandres de son cerveau, une histoire très ancienne lui a donné le goût d'une quête inutile.

Oui, décidément, on me dira fou ou naïf, ce qui est un peu la même chose. Mais pourtant il suffirait à mes semblables de comprendre que c'est à eux aussi que j'écris. Malgré tout. Malgré eux. Malgré moi.

Ne te vexe pas, cher E.T., si je te dis que toi aussi tu es peut-être un leurre. Il n'est pas simple, même avec toute la déraison de notre imagination, de croire à ta réalité. Mais réjouis-toi, quels que soient le temps et le lieu où tu liras ces lettres – au fait, je crois que je commence à avoir une idée de facteur, je t'en reparlerai – car il se peut que grâce à toi, trop hypothétique destinataire, je parvienne à laisser aux terriens un message qu'ils pourront lire eux aussi. En notre époque agitée à l'avenir très incertain, il n'est pas inutile de multiplier les traces de vie, les témoignages d'un bonheur possible, les éloges de la beauté, autant d'empreintes que l'on espère durables pour que demain ne soit pas la fin. Encore une illusion ? Mais comment expliquer mon entêtement ? C'est un poète, encore, qui m'aide à trouver la formule : « La vérité attend l'aurore à côté d'une bougie ». Ces mots que j'envoie, à toi, à tous, ce sont mes bougies dans la nuit de l'humanité. En attendant que vienne l'aurore. Sans impatience.

Du coup, c'est en souriant que je vais éteindre la petite lampe qui éclaire mon clavier. Et l'écran, cette autre lumière qui m'hypnotise, je vais le renvoyer à son néant. La nuit, derrière la vitre, ne m'offre aucune échappée. Mes petits signaux lumineux, mes phares stellaires, se sont absentés ce soir. La lune, dont nous faisons parfois poétiquement une compagne, a elle aussi déserté le ciel. Elle a ses habitudes et son rythme. Ce n'est pas grave. L'aurore viendra. Et je reviendrai vers toi, et je reviendrai vers vous.

À bientôt, donc. Ton ami terrien.

9

Cher E.T.,

Un groupe d'oiseaux traverse le ciel. Je regarde les nuages, et je ne les regarde déjà plus comme avant. Dans ce grand bleu profond de nos journées d'automne, quand le ciel est lavé jusqu'à sa trame par notre vent puissant, je voyais parfois un mur de couleur sans limites. Aujourd'hui, parce que je t'écris, mon ami inconnu, ce ciel est habité. Et les nuages qui passent dans ma fenêtre ressemblent plus que jamais à quelques grands vaisseaux lancés dans des voyages au long cours. E.T., rassure-toi : je me garde de la folie.

Un autre oiseau passe, tout seul, il est probablement en retard et les autres sont partis sans lui. Je lève la tête, encore plus haut, encore plus loin, la faiblesse de ma vision n'est plus un handicap. Par-delà les nuages qui se colorent de rose, l'infini ne me fait plus peur. Je jouis, au contraire, de cette profondeur nouvelle de mon regard. Les branches des pins bougent à peine. L'orme, au fond du jardin, a perdu ses feuilles. Il m'a suffi de me pencher un instant sur mon clavier pour que les nuages s'étirent, blancs et presque pourpres, pour qu'ils s'allongent pour disparaître ensuite du cadre de la vitre. Ils sont passés, et passent aussi nos jours que l'on croit immobiles et cotonneux pour les voir ensuite rejetés dans une immensité bleue.

Mais d'autres nuages s'avancent, toujours de ma droite vers ma gauche, nefs et voiles à la fois. E.T., notre ciel est une merveille. À quoi ressemble le tien ?

Je ne veux pas ici faire la liste des moments d'extase, orgasmes de l'esprit, au cours desquels j'ai cru toucher ce ciel, mon corps pourtant planté dans la terre par de solides racines. Une autre fois. J'ai aujourd'hui un peu peur de paraître ridicule. Une question de degré d'intimité, peut-être. Je préfère attendre. Mais je ne peux m'empêcher de te parler de mes petits cailloux. Car aujourd'hui ce sont eux qui m'ont ramené à mon clavier, plus tôt que prévu, et en plein jour ! Ces cailloux sont peut-être ce que j'ai de plus précieux dans ma maison, et pourtant ce ne sont rien que des cailloux. Il faut que je te raconte.

Ce n'est pas à proprement parler une véritable histoire, mais plutôt une succession d'événements à peu près identiques dont je ne sais dire s'ils sont exceptionnels ou très ordinaires. En te les racontant je ne fais que te confier finalement une part de moi-même, un presque-rien qui est aussi un je-ne-sais-quoi… L'histoire de mes cailloux fait seulement partie du projet de cette correspondance : t'aider à mieux nous connaître, t'apprendre de quoi nous sommes capables.

J'aime beaucoup marcher. Je te l'ai déjà dit ? C'est en marchant que j'ai fait la cueillette des cailloux. Nous connaissons et racontons parfois encore aujourd'hui un conte ancien où des enfants abandonnés retrouvent leur chemin grâce à des cailloux qu'ils ont laissés derrière eux au moment où leur père les conduisait, pour les perdre, au fond de la forêt. Les cailloux dont je te parle, personne ne les a jetés derrière soi pour retrouver un foyer, mais au moment de les ramasser je voulais moi aussi marquer un passage, moi aussi j'ai eu le sentiment de me retrouver, et c'est peut-être une sorte de trajet, d'itinéraire, dont j'ai voulu marquer les étapes en prélevant par terre le souvenir d'un instant. Mais je crains de devenir confus. C'est pourtant très simple. Restons terre à terre.

Cela s'est produit, assez souvent, sur des chemins plus ou moins haut perchés. Pas besoin qu'ils me mènent à chaque fois vers les cimes. C'étaient parfois des sentiers très ordinaires, sans autre direction que celle d'une marche sans but et sans exploit. À ces moments-là, immobilisé dans l'espace où souvent régnait, souverain, le vent dont je t'ai déjà souvent parlé, j'ai regardé ce ciel et j'ai cru y comprendre qu'il avait un sens. Je veux dire que ma vie, toute petite, avait un lien avec cet espace, très grand. Je ne saurais en dire davantage. D'ailleurs, les mots me semblent incapables à le dire. Ils aplatiraient la sensation. Ils réduiraient l'expérience vécue à une sorte de quête mystique alors que je n'allais pas sur ces chemins pour trouver quoi que ce soit. Je n'ai rien trouvé, d'ailleurs. J'ai ressenti, c'est tout.

Je sais à quel point nous sommes capables de nous laisser tromper par de multiples illusions, cherchant avec tant d'ardeur, sage ou sauvage, à déchirer les rideaux qui nous cachent la vérité des choses. Je sais, cher E.T., que dans ces instants immobiles où j'ai interrompu ma course d'être humain, dans ces instants lumineux et ronds, j'ai pu croire que le rideau s'ouvrait. Ce n'était en effet, probablement, qu'une illusion de plus. Mais j'ai voulu néanmoins garder un souvenir de ces instants clairs et limpides : alors chaque fois je me suis penché, et j'ai ramassé sur ce sentier un caillou qui se trouvait sous mes pieds.

Geste enfantin et dérisoire, mais vois-tu, cher E.T., ces cailloux me sont infiniment précieux. Calcaire ou granit, bout de volcan ou fossile marin, résidus de très anciennes histoires géologiques, je les ai réunis dans un pot en céramique que je conserve précieusement, posée sur une petite table dans l'entrée de la maison. Je n'ai marqué ni le lieu ni l'heure. Je les ai même mélangés à d'autres trouvailles ramassées sur les plages de nos mers, petits trésors sans grande histoire, petits moments de la vie ordinaire, souvenirs de vacances en famille. Ils forment ainsi un tas élégant, sorte d'œuvre contemporaine si l'on veut, que je m'amuse parfois à déranger en passant, touchant de la main l'un ou l'autre de ces cailloux blancs, ces cailloux noirs, ces cailloux gris, ces cailloux rouges ou bruns, qui sont la preuve que quelque chose a eu lieu. C'est si peu, diront certains. Je sens bien que je manque de mots, que je m'empêtre dans une explication impossible, que je vais, comme je le crains, paraître ridicule. Et pourtant…

Je te parle de cailloux dans un pot alors que dans ce monde dans lequel je vis, à l'instant même où je t'écris, résonnent les cris de douleurs de mes frères humains. Tu me jugeras peut-être pitoyable. Et pire encore si je te raconte une autre sorte d'histoire qui est l'une des choses les plus importantes que je crois avoir faites dans ma vie.

Ce n'était pas sur un chemin, cette fois-ci, mais sur un rivage humide, au bord d'une mer que le mouvement de la marée avait fait reculer vers l'horizon. J'aimais me promener sur la frange de sable où pouvait s'imprimer l'empreinte de mes pas. Qu'ai-je donc fait de si exceptionnel que je puisse ici avoir envie de te le raconter ? Rien de très extraordinaire, et pourtant…

Un de ces étés où je passais quelques semaines le long de ces immenses plages au bord de l'océan – tellement plus vastes que celles qui bordent la mer près de laquelle je vis ! – un de ces jours de belle lumière, marchant au bord des vagues qui viennent s'arrondir puis s'allonger, je me suis arrêté pour marquer avec le doigt dans le sable humide de courts poèmes de trois lignes à la limite de la frange d'écume, entre deux va-et-vient de cet océan soumis au rythme de la lune.

Cela ne servait à rien. Comble de l'inutile puisque la vague venait chaque fois, à marée montante, effacer mon poème. Pourquoi l'avoir fait, alors, et pourquoi aujourd'hui se souvenir avec émotion de ces textes éphémères ? Pour la beauté de l'effacement. Puisque nous aussi nous nous effacerons, tâchons, avant que la vague vienne, de faire de notre vie un poème. Écrire la vie et attendre la marée haute. Voilà ce que doit signifier, je crois, la place que tient ce souvenir dans ma mémoire.

Je m'écarte peut-être, vois-tu, de mon projet initial, du fil de mon discours. Il me semblait que je voulais t'instruire à mon tour sur notre espèce et notre civilisation et voilà que je prends la pose, que je fais mon intéressant, que je me repais de mots… Je voulais te parler de notre Terre, je réclamais ton indulgence et si possible ton aide, j'anticipais une rencontre du troisième type, et me voilà te parlant de cailloux ramassés sur des chemins et de signes tracés dans le sable. Tout cela doit te sembler très dérisoire. Et ces lettres aussi, elles s'effaceront, avant même d'avoir été lues. A quoi bon ? Et pourtant…

10

Cher E.T.,

Excuse-moi, cher E.T., de n'avoir pas terminé comme à mon habitude ma dernière lettre par quelque formule de politesse, habituel petit clin d'œil de connivence épistolaire à des milliers d'années-lumière.

Je venais de taper sur mon clavier les mots « et pourtant… » quand le téléphone a sonné. Dehors, derrière la vitre, le ciel était d'un bleu limpide, comme un linge lavé. On m'a annoncé la mort d'un ami. Il m'avait téléphoné une semaine avant, plein d'énergie, plein de projets, et même sans le voir j'imaginais son sourire.

C'était il y a 4 jours. Ce matin, nous avons regardé le grand rideau blanc se fermer devant son cercueil que l'on amenait pour la crémation. Nous avons, tous ensemble, écouté l'un de ces morceaux de musique qu'il aimait tant. Certains d'entre nous ont dit quelques mots. Puis dehors, devant le crématorium, nous avons parlé de lui, les mains dans les poches de nos parkas. Nous avons aussi parlé d'autre chose. Nous ne voulions pas montrer trop de tristesse car nous savions bien qu'il nous aurait dit de ne pas être tristes. Et cette façon d'être là, dans le froid sec et lumineux, cette façon de parler de tout et de rien, des enfants, du boulot, des voyages, cette façon de l'oublier déjà un peu, je ne saurais dire si cela m'a consterné. Rien n'était grave, malgré les larmes de sa femme, de sa fille. Il était ailleurs, il nous manquerait, c'était certain, mais en même temps nous avions déjà repris nos habitudes de vivants, nos conversations dérisoires : causer, quelle merveille !

Et pourtant… Oui, et pourtant nous avions à l'intérieur une boule dure qui se coinçait par moments dans notre gorge et refoulait ces mots de vivants. Quelque chose en nous résistait à cette séparation, refusait d'admettre cette frontière infranchissable que le départ de cet ami nous rappelait encore brutalement.

Je suis allé plusieurs fois cet automne dans ces lieux sans âme et plein d'âmes où nous choisissons de célébrer le départ de ce que nos lointains ancêtres appelaient le grand voyage… J'en reviens chaque fois étrangement apaisé, malgré cette boule dans ma gorge et mon ventre, peut-être à cause d'un sentiment très primaire, celui d'être encore vivant quand d'autres ne le sont plus, jouissant encore de l'air, de la lumière, écoutant ma respiration comme un miracle renouvelé.

Car je suis un miraculé. Je n'ai pourtant échappé, jusqu'à aujourd'hui, à aucune grave maladie. Ou plutôt :

j'ai échappé à toutes. Comment ne pas croire que cela est miraculeux quand on sait à quel point nous vivons comme des funambules. Le souffle qui nous maintient en vie dans une très étroite frange d'atmosphère respirable est d'une extrême fragilité. Un rien suffit à l'interrompre. Le seul fait d'être vivant est le résultat de calculs de probabilité si complexes que nous devrions à tout moment louer le mathématicien qui a résolu notre équation. Et pourtant… Nous oublions, dès la sortie du cimetière, que cette vie est un miracle, et nous reprenons dès le coin de la rue nos vilaines habitudes, nous retrouvons notre arrogance digne d'un immortel, et à nouveau nous nous préoccupons de tout sauf de l'essentiel, incapables de nous concentrer durablement sur un désir d'harmonie.

Nous sommes ainsi, cher E.T., désolantes créatures qui n'apprennent rien de ces deuils, de ces départs plus ou moins intempestifs qui nous rappellent que nous devrions peut-être songer nous aussi à notre prochain grand voyage.

Oh certes nous portons la meurtrissure plus ou moins profonde de ces vies arrêtées, et je ne te parle pas ici, ami lointain, de celles et ceux qui sont touchés au plus près par la perte, par la disparition. Ceux-là n'ont rien à apprendre. Le corps se noue, la mémoire sauve ce qu'elle peut, et chacun alors subit la tempête sans savoir combien de temps elle durera. Je ne parle pas de ceux-là, submergés par des vagues de douleur. Je parle de ceux qui, à une certaine distance, assistent comme je l'ai fait il y a quelques jours, à l'arrêt d'une trajectoire, ceux qui voient une ligne de vie s'interrompre et n'osent plus regarder la paume de leurs mains par peur de lire leur propre destin.

Il vaut mieux tourner la page. Lire ailleurs, lire plus loin. Ils ont peut-être raison, aussi, finalement, ceux qui ne s'attardent pas trop dans les cimetières. Il faut retrouver l'insouciance nécessaire, préserver ce curieux sentiment qui nous fait croire que l'avenir, malgré tout, nous appartient un peu. Il faut retourner vers la lumière. Il faut recommencer. Apprendre un pas, une danse, et faire de la vie une chorégraphie.

Il est des pays où l'on célèbre les morts en riant et chantant sur les tombes. Je ne sais pas si je dois avoir honte de te le dire : en sortant du cimetière, je sifflotais…

Et ce soir, sur le rebord de la fenêtre, mon chat vient se frotter contre la vitre, comme d'habitude quand il voit la lumière. Il ne sait rien, lui, ni du miracle de la vie, ni de la douleur de la mort. Il miaule. Il préférerait revenir de ce côté-ci de la vitre, c'est tout. Tout à l'heure il jetait la patte vers de petits papillons de nuit. Nous aimons chez lui sa nonchalante insouciance. Je ne l'ai pas choisi mais je dois m'y résoudre : je ne suis pas un chat. Dois-je le regretter ?

J'avais commencé en plein jour cette lettre interrompue. Un coup de fil m'a ainsi ramené à ma nuit originelle, celle de laquelle je t'écris, moi, ce miraculé, en te souhaitant de parvenir à comprendre ce curieux mélange humain de gravité et de légèreté.

J'ai eu du plaisir, cher E.T., à reprendre malgré tout cette lettre ce soir. Ton improbable amitié me rappelle cet ami qui vient de partir. Toi, au moins, je sais que tu ne me quitteras pas : la virtualité même de ton existence est un gage d'absence fidèle…

À une nuit prochaine… Ton ami terrien.

11

Cher E.T.,

Je n'ai toujours pas trouvé de facteur. En attendant j'ai finalement opté pour la solution la plus simple : mettre ces lettres sur le réseau internet sur lequel inévitablement tu te connecteras puisque cette immense encyclopédie universelle est désormais le passage incontournable de toutes nos recherches. Tu le sauras très vite en débarquant chez nous.

Ou peut-être le sais-tu déjà et surveilles-tu de je ne sais où nos messages les plus variés. J'espère alors que celui-ci, qui t'est directement adressé, saura se distinguer de tous les autres. Ce ne sera pas facile, tant ce réseau est occupé par toutes sortes d'informations qui finissent par empêcher d'y trouver l'essentiel. Je compte sur ta sagacité et sur la puissance de nos outils de recherche. Et puis nous ne devons pas être très nombreux à t'avoir choisi comme destinataire d'une correspondance suivie.

La solution n'est cependant que provisoire. Je ne renonce pas à trouver d'autres sortes de transmissions. Je sais que l'on prépare des véhicules spatiaux pour de très longs voyages. Je sais que l'on veille sur ce que disent les radars qui écoutent les ondes venues de l'espace. Pour l'instant, la priorité n'est pas à te rencontrer. Tu restes une question. Une énigme. L'une des plus grandes. Au mieux, on te considère déjà comme une réalité à partir de calculs de probabilité, au pire on se moque de toi. L'homme, je te l'ai déjà dit, a d'autres préoccupations et tu sais combien moi-même je m'interroge souvent sur les motivations qui me poussent à m'adresser à toi.

Oui, j'essaie de rester au courant des progrès de la connaissance des espaces les plus lointains. Les instruments à la disposition des astrophysiciens permettent maintenant de découvrir des exoplanètes de plus en plus petites, comparables à la Terre et à des distances de leur étoile les rendant habitables : ni trop près ni trop loin pour qu'elles ne soient ni trop chaudes ni trop froides pour abriter la vie. L'un de nos savants a affirmé récemment que nous allions probablement trouver, dans un an ou deux, des planètes habitables autour d'étoiles qui sont légères. Mais, a-t-il ajouté, elles seront évidemment trop lointaines pour entrer en communication avec elles…

Comment se fait-il que cela ne suffise pas à arrêter mon projet ? Faut-il que je sois habité par une sorte d'intime conviction ou que, finalement, la probabilité de cette transmission ne m'importe en aucune façon ?

Je ne sais donc toujours pas pourquoi je continue à écrire ces lettres. Mais je n'oublie pas que nous n'existons en tant qu'hominidés que depuis quelques millions d'années, et sous notre forme actuelle depuis à peine

200 000 ans, avec une conscience technique et scientifique que l'on peut qualifier d'embryonnaire. L'âge de l'Univers étant d'environ 14 milliards d'années, une multitude de civilisations extraterrestres ont très bien pu exister durant cette période, sans que le contact puisse avoir lieu. Je ne voudrais pas que l'on rate un autre rendez-vous.

J'écris dans le vide. Mais quand on cherche bien, le vide est toujours occupé. Il suffit de chercher longtemps, et puisque je n'ai pas le temps dans ma seule vie, je laisserai ces lettres à ceux qui continueront cette quête.

J'ai donc mis ce courrier sur ce que l'on appelle ici un *blog*. C'est ainsi que l'on désigne les pages plus ou moins intimes que chaque terrien muni d'un accès à internet peut donner à lire au monde entier.

J'hésitais à choisir ce mode de communication car je redoute le jugement de mes congénères. Que vont-ils penser de cette correspondance qui ne connaît pas son destinataire et qui ne reçoit jamais de réponse ? Tant pis. Au moins ces lettres sont-elles visibles et accessibles. Compilées ainsi et archivées les unes après les autres elles formeront une sorte de message unique dont tu saisiras néanmoins, je l'espère, l'inscription dans une durée, car il est important que j'essaie de dérouler pour toi le fil de nos jours, le rythme de nos vies, le cycle de nos saisons.

Voilà pourquoi j'ai décidé de relire ces lettres, non pour les corriger ou les amender mais pour tâcher de ne pas y oublier une faute d'orthographe ou de frappe. Notre langue n'est pas figée, elle est en constante transformation, mais j'essaie de te confier un état des lieux le plus irréprochable en ce domaine.

C'est au cours de cette relecture que j'ai réalisé à quel point certains mots revenaient de manière récurrente dans mes dernières lettres. Plusieurs fois en effet, j'ai terminé phrases et paragraphes par l'expression « et pourtant » suivie de points de suspension… C'est un peu comme si je ne savais plus dire que cela, s'il ne pouvait plus y avoir d'autre conclusion possible que celle-là, ce « et pourtant… ». J'ai volontairement choisi de laisser ce qui pourrait apparaître comme une répétition maladroite, malvenue, une faute de style. Probablement certains lecteurs humains, puisque désormais ces lettres sont affichées au regard de tous, ne manqueront pas de juger cela comme une faiblesse dans l'écriture. J'en connais assez d'impitoyables, et qui semblent ne vivre que pour pointer avec une sorte de délectation sadique tout ce qui ne correspond pas à leur vision arrêtée et définitive de ce type de langage que nous appelons « littérature » et dans lequel tu devrais pouvoir retrouver ce que les hommes ont écrit de mieux, leurs messages les plus élaborés, ceux où ils tentent de percer la complexité de leur état à travers divers genres d'histoires plus ou moins fictives, d'autoportraits, de descriptions, de réflexions, d'interrogations.

Ces lettres, est-ce de la littérature ? J'essaie en tout cas de m'appliquer ne serait-ce que par politesse vis-à-vis de toi, mon lecteur. Pour autant je ne sais pas dans quelle case il faudrait mettre cette correspondance univoque. Et puis pour faire de la littérature il faudrait en faire un livre, un type d'objet inventé il y a quelques siècles seulement et qui est longtemps resté le support privilégié de la transmission de nos savoirs, en tout cas dans la civilisation où je suis né. Mais si je les éditais tu aurais probablement plus de difficulté à les retrouver dans les ruines de nos bibliothèques où auront été entassés les livres que plus personne ne lira. Car il faudrait aussi que je te raconte la mort lente de ce langage littéraire…

J'ai passé ma vie entouré de livres, et au moment même où je t'écris, face à cet écran lumineux de l'ordinateur, j'ai dans mon dos une grande bibliothèque aux rayonnages blancs remplie de milliers d'ouvrages soigneusement classés. J'ai contribué à quelques-uns, mais je ne cherche pas à tout prix à faire œuvre d'écrivain. J'écris à un ami, et que désormais ces lettres soient ouvertes à tous ne me détournera pas de ma tâche essentielle : rester au plus près de ce que je veux transmettre à cet interlocuteur singulier dont je sais qu'il ne portera pas sur ces lignes le regard du critique acerbe ou du lecteur cynique.

Je reviens à mon refrain verbal : « Et pourtant… ». Je crois qu'il faut le lire comme l'expression obsessionnelle de ce sentiment tenace qu'il y a des envers aux endroits, du caché, de l'ineffable, tout ce que l'on pressent sans pouvoir le dire, tout ce qui s'oppose à la simple et froide réalité, une présence complémentaire, quelque chose comme l'esprit qui résiste à la raison pure, quelque chose qui nous échappe, nous dépasse, et reste en suspens…

C'est pendant ces jours de relecture que j'ai acheté, sans connaître l'auteur, un livre qui a retenu mon attention seulement par son titre évoquant un pays que j'aime et dont je te le livre le nom : Japon. J'y ai redécouvert un poème de Koyabashi Issa, poète de ce pays qui vivait il y a plus de trois siècles, maître en haïkus, petits textes minimalistes, poèmes minuscules dont je t'ai dit que j'en avais écrit sur le sable, un été parfait, avant que la marée océanique ne les efface, et dont j'ai fait une sorte de spécialité poétique, adaptant cette tournure étrangère, venue d'une autre civilisation que la mienne, à ma culture locale.

J'ai donc retrouvé ce haïku que j'avais déjà recopié dans mon précieux cahier de citations et textes brefs, cahier à la couverture moirée acheté dans la splendide ville de Venise (ville extraordinaire d'un autre pays que j'aime et qui s'appelle Italie). Un cahier auquel je tiens particulièrement.

Ce petit texte bref retrouvé dans un livre où je ne le cherchais pas : hasard ? J'ai l'impression dans ces cas-là que sur tous nos chemins ce hasard prend parfois plutôt la forme de petits cailloux qui nous aident à nous retrouver mais, à la différence d'un célèbre conte que l'on raconte à nos enfants, sans que l'on sache qui les a alignés pour nous et sans savoir où ils nous mènent.

Ce monde de rosée
Seulement un monde de rosée
Et pourtant, et pourtant…

Ce caillou poétique, permets-moi ce soir de te le transmettre comme un résumé de ce que je veux te dire. Cette vie éphémère comme la rosée, ce monde fragile comme une goutte d'eau apparue au matin et vite évaporée sous le soleil, ce monde n'est presque rien, et nous-mêmes sommes minuscules et misérables, mais pourtant…

Derrière la fenêtre, éclairs et tonnerre. Je vais devoir éteindre mon ordinateur par précaution. Tout cela aussi est fragile, même dans nos tanières de haute technologie. Un cyclone a dévasté il y a quelques jours des milliers de maisons et emporté des milliers de vies dans un endroit de ma planète éloigné du mien. Nous apprenons et voyons cela sur nos écrans, intimement rassurés que cela se passe loin, impuissants à agir, voyeurs passifs et vaguement compatissants.

Ma chienne, confortablement installée sur le tapis, dresse les oreilles en entendant le tonnerre. Je ne peux m'empêcher d'imaginer la terreur des hommes préhistoriques (ce sont ceux d'avant notre écriture) devant ces phénomènes naturels. Je l'imagine, mon ancêtre, recroquevillé au plus profond de son abri sous roche ou de sa grotte, attendant avec angoisse que l'orage passe, pensant qu'il s'agit de la colère d'un dieu pour espérer l'apaiser ou essayer de le comprendre. Que de chemin parcouru dans la compréhension de tous les phénomènes depuis ces temps anciens. Et pourtant… Je reste démuni moi aussi devant l'ampleur de tout ce que je ne maîtrise pas. Une sorte de vague inquiétude, d'attente anxieuse.

La foudre a peut-être offert le feu à cet ancêtre qui a appris à domestiquer la flamme. La foudre, ce soir, m'oblige à abréger ma lettre. Je dois te quitter. Je t'offre cette fois mes derniers mots dans une autre langue que la mienne. Ces cinq syllabes, transcription phonétique des beaux idéogrammes de la langue japonaise, sont celles qui terminent le haïku de Issa : *sarinagara*. Ce qui signifie donc : *et pourtant…* Si je n'avais pas lu dans le livre acheté par hasard le sens de ces cinq syllabes chantantes, j'aurais pu penser qu'elles étaient une formule de politesse. Elles sonnent pour moi comme un salut, probablement parce qu'elles rappellent phonétiquement d'autres formules, dans cette langue ou dans d'autres, pour dire « au revoir ». C'est pour cela que je te propose de lui donner entre nous un sens que nous seuls partagerons : *à bientôt*. À la manière d'un code secret, d'un mot de passe. C'est ce que font parfois les amoureux qui aiment inventer des mots dans un langage qui ne vaut que pour eux. Faisons-le nous aussi, pour marquer cette étrange amitié interstellaire dont ne témoigne que mon entêtement à continuer ces lettres. Et sache que je ne t'en veux pas de ton silence. Je sais qu'il n'est dû qu'à un problème de facteur.

Sarinagara ! Ton ami d'ici.

12

Cher E.T.,

J'ai une grande nouvelle à t'annoncer ! J'ai trouvé un facteur ! D'autres hommes, probablement encore plus fous que moi, ont imaginé une nouvelle possibilité de communiquer avec toi. Ou sinon avec toi, en tout cas avec ceux qui seront sur ma planète dans un temps très lointain, ou qui la découvriront en venant d'ailleurs. Ce pourrait être toi. Il faut donc que je t'explique.

Le projet imaginé consiste à envoyer dans l'espace un petit satellite, joliment nommé Keo, qui sera programmé pour retomber sur terre dans 50 000 ans… Il contiendra des messages des terriens d'aujourd'hui. Chacun, où qu'il soit, parmi les 6 milliards d'habitants, est convié à donner une brève lettre où il témoignera pour ces futurs habitants de notre planète. Tout cela sera gravé sur un support numérique, et des instructions accompagnées de symboles en plusieurs formats indiqueront à ceux qui l'auront trouvé comment construire un lecteur capable de décoder ces lignes.

Tout cela, bien sûr, paraît inconcevable. Des humains le conçoivent pourtant. Ils mettent en commun leur savoir, leurs connaissances spécialisées, et cela m'émerveille. Je ne suis pas capable moi-même de tout comprendre, mais apprendre qu'un tel projet existe m'a rendu soudain joyeux comme si je trouvais enfin des compagnons de voyage, ou des camarades de jeu ! Je m'empresse de te donner encore quelques renseignements techniques et il me semble, en te le disant, que c'est un peu comme si je faisais mes valises pour l'avenir, que je t'expliquais mon plan pour venir à ta rencontre. Il y a, je le sais, quelque chose d'enfantin dans cette folie. Ce sont pourtant des personnes très savantes qui osent imaginer cette situation et placer ainsi en orbite un témoignage de notre civilisation humaine.

Le satellite en lui-même est une sphère évidée de 80 cm de diamètre où sera gravée une carte de la Terre. Cette sphère sera entourée d'une couche d'aluminium, d'une couche thermique, et de plusieurs couches de titane et autres métaux lourds séparées de couches de vide. La sphère sera résistante aux rayonnements cosmiques, au retour dans l'atmosphère, aux collisions avec des petits débris spatiaux. Ce satellite passif ne contiendra aucun système de communication ou de propulsion. Il sera mis en orbite par une fusée à 1 800 km de hauteur, une altitude qui ne le fera revenir que dans 500 siècles, la même durée qui s'est écoulée depuis que l'Homme a commencé à peindre sur les murs des cavernes…

Tu te doutes bien, cher E.T., à quel point cette idée m'enthousiasme. Certes, ce n'est pas la première fois que les hommes envoient des messages dans l'espace. D'autres vaisseaux, dont je t'ai déjà parlé, comportent des capsules temporelles à destination d'humains ou d'extra-terrestres dans un futur éloigné. Ces vaisseaux avancent dans l'Univers comme nos pionniers avançaient sur des terres ou des mers inconnues. Ils contiennent des images montrant leur temps et leur lieu d'origine. Les plus célèbres de ces sondes spatiales, les bien nommées « Voyageurs », contiennent un disque d'or où ont été enregistrés des sons et des images terrestres, avec des instructions d'utilisation et de lecture de ce disque, et bien sûr des données précises localisant la Terre dans l'Univers.

Le petit satellite Keo emportera lui aussi un colis spécial : quatre petites sphères d'or contenant un échantillon d'air, d'eau, de terre, et de sang. La séquence d'ADN du génome humain sera gravée sur l'un de ses côtés. Une horloge astronomique indiquera le train actuel de rotation de plusieurs pulsars (je ne sais pas ce que c'est mais je fais confiance à ceux qui le font). Le bagage contiendra aussi des photographies de personnes de toutes les cultures différentes ainsi qu'un précis encyclopédique. Mais ce qu'il y aura de plus précieux, et ce qui fait de Keo un vrai facteur cosmique, ce seront tous les messages des humains. Dont le mien…

J'espère que tu ne seras pas jaloux. On a commencé à collecter les messages et je vais bientôt écrire à mon tour.

Ce message doit être court. Il ne te sera pas directement adressé. Son destinataire, c'est le futur, et nous ne savons pas qui en sera le dépositaire.

Nous ne devons pas nous laisser impressionner par ce temps comme nous ne devons pas non plus laisser l'espace, même infini, nous rebuter. La grandeur de l'homme est là : oser les grandes distances. Tant il est vrai, peut-être, qu'à courte vue, à court terme, tout semble brouillé, très incertain, et laisse parfois peu d'espoir. Plus loin, étrangement, on y voit plus clair. En fait, c'est parce que nous avançons en aveugles, et ne pas savoir permet de tout imaginer, même le meilleur. Je me suis déjà souvent demandé si ce n'était pas une manière de fuir le présent, de m'évader dans un ailleurs hors de ce temps qui nous broie et d'un quotidien qui nous oppresse. Je reste bien ancré, de toute façon, sur cette terre. Mon corps me le rappelle tous les jours, jouissance ou douleur. Je peux bien me permettre cette petite échappée.

En plus, Keo ressemble à un oiseau, avec des ailes en panneaux solaires ! Il volera pendant 50 000 ans, à condition de ne pas heurter un débris trop gros parmi ceux qui commencent à encombrer notre espace orbital. Il faut espérer que d'ici son retour sur terre les hommes n'auront pas transformé notre ciel en poubelle. Quand le satellite entrera à nouveau dans l'atmosphère terrestre, la couche thermique produira l'effet d'une aurore boréale artificielle pour signaler l'arrivée du satellite. On se moquera de mon esprit romanesque, mais je ne peux m'empêcher d'imaginer nos descendants, survivants, occupants (comment le dire ?) levant la tête vers cette traînée claire dans le ciel et partant en quête du lieu de chute de ce messager qui leur parlera de nous et de notre ère.

Ils auront peut-être conservé d'autres vestiges du temps passé, comme nous aussi nous relevons précieusement chaque indice des temps les plus lointains. Je suis d'ailleurs toujours sidéré par la patience de nos archéologues et par leur capacité à faire du sens avec si peu de signes. Pourtant il me semble que cet oiseau tombé du ciel leur apparaîtra comme un signe différent. Ils comprendront qu'il a été envoyé spécialement pour eux, pour jeter un pont entre deux ères sur cette Terre. L'événement sera considérable. De cette arche cosmique ce sera un peu comme si des millions d'humains descendaient après un très long voyage et leur racontaient leur vie et leurs espoirs sur cette planète. Que cet oiseau de titane, surtout, ne devienne pas l'objet d'un culte, d'une vénération, d'un pouvoir ! De ce voyage dans le temps ils tireront alors peut-être les meilleures leçons possibles.

J'espère que l'étude de ce colis tombé du ciel leur permettra de s'interroger sur leur civilisation en découvrant ces témoignages de la nôtre. Qu'en feront-ils ? Il me suffit de savoir que le colis est envoyé. On ne peut jamais prédire absolument les conséquences d'un geste, sauf celui qui cherche à ôter volontairement une vie. La seule chose que je sais c'est que j'ai besoin de dire, de témoigner. La suite n'est pas écrite, mais j'ai écrit ma part.

Je vais donc confier à ce petit facteur ailé, Hermès des temps modernes, ma lettre spécialement écrite pour être déchiffrée dans 500 siècles. Les dessins que nous découvrons dans les grottes ornées ont traversé la même durée. À quoi pensaient ceux qui s'enfonçaient dans le noir des cavités souterraines pour y laisser par exemple l'empreinte de leurs mains ? Ne faisaient-ils pas la même chose ? Pouvaient-ils imaginer que ces signes nous parviennent ? On aurait traité de fous sûrement l'un de ceux-là qui, à son époque préhistorique, aurait imaginé que nous découvririons si longtemps après une trace de leur passage. Les fous ont parfois raison de n'être pas raisonnables.

Aujourd'hui on se moque parfois de ceux qui tendent vers toi des antennes pour essayer de t'entendre. Mais cela n'empêche pas cette folie-là, qui ne fait de mal à personne. J'ai appris récemment qu'une « connexion cosmique » avait été établie, très sérieusement et par des savants, sous la forme d'une émission de télévision montrant à quoi ressemble notre civilisation et envoyée dans l'espace à l'attention d'éventuels extra-terrestres, du côté d'une étoile où l'on postule la possibilité de germes de vie. L'étoile étant située à 45 années-lumière de la Terre, les signaux arriveront dans 50 ans. Ce n'est pas grave, n'est-ce pas, nous ne sommes pas pressés…

Je me plais à te dire tout cela aujourd'hui comme si je cherchais à me prouver que je ne suis pas seul. Malgré cette sorte de foi qui me pousse à écrire, j'ai besoin probablement de me rassurer.

L'humain a naturellement horreur de la solitude mais l'homme n'est pas non plus spontanément partageur. Si je m'intéresse de plus en plus à toutes ces enquêtes sur ta présence possible, je tiens aussi à conserver cette sorte d'intimité avec toi, cette relation privilégiée qui est une autre forme de solitude. Disons : une solitude habitée…

Moi aussi je construis un pont à ma façon. Lentement, laborieusement, obstinément, patiemment. S'il parvient à me mener jusqu'à toi, je crois que d'abord je préférerai ne pas te partager. Peut-être je voudrai d'abord garder ce secret, ne pas faire éclater cette bulle dans laquelle je m'enferme à travers cette correspondance. Voilà pourquoi, d'ailleurs, je regrette déjà d'avoir confié à internet mes premières missives. Intelligent comme tu es, avec tes grandes oreilles, tu trouveras bien tout seul sur mon ordinateur les mots que je te destine. Je crois savoir d'ailleurs que les plus grands États qui dirigent notre monde ont eux aussi de « grandes oreilles » et qu'ils sont capables d'intercepter toutes les communications, même privées. Si tu existes, tu es au moins aussi doué que nos services secrets !

Ces lettres restent donc bien au chaud dans mon disque dur, posées là comme dans un coffre à secrets. Je pense à ces paquets de lettres que l'on a parfois retrouvées dans des endroits un peu cachés : vieux greniers, caves oubliées, valises dissimulées… C'était au temps de l'écriture manuscrite et du papier. Je ferai la même chose en déposant dans un coin de mon ordinateur un fichier avec les lettres que j'envoie à ce destinataire inconnu. Et en pensant à cela, à ces documents trouvés parfois très longtemps après, papiers jaunis, encres pâlies, je me dis que d'autres facteurs pourront porter mes lettres : ceux qui, un jour, dénicheront dans les dossiers de mon ordinateur ce curieux fichier intitulé « Lettres à E.T. ». J'espère que ce titre saura attiser leur curiosité. On pensera peut-être d'abord à une correspondance amoureuse. On s'interrogera sur ces initiales. On croira y découvrir un secret…

Les lecteurs de ce paquet de lettres ficelées dans un fichier informatique seront peut-être déçus de n'y trouver aucune révélation intime. J'espère néanmoins qu'ils en mesureront l'importance à mes yeux et qu'en les transférant sur un autre support ils permettront à cette correspondance de continuer à chercher son destinataire. Je lis dans les journaux, assez régulièrement, le récit d'une lettre égarée, oubliée dans un coin, ayant pris un mauvais chemin, qui parvient des décennies plus tard à destination. Arrive-t-elle trop tard ? Alimente-t-elle de terribles regrets ? Dans notre cas, cher E.T., le temps ne fera rien à l'affaire. Nulle hâte. Je me surprends parfois à penser, autre folie, que j'écris… pour l'éternité.

Nous avons toutefois besoin de mesure. L'homme est ainsi fait, arpenteur de l'espace et du temps, géomètre et horloger de son monde. Voilà pourquoi l'au-delà de sa vie le laisse perplexe et anxieux. Voilà pourquoi il se donne tant de mal à imaginer dans ce territoire inconnu une géographie, une histoire, des personnages. Et voilà pourquoi moi aussi, probablement, dans cet univers au-delà de mon monde j'imagine une autre vie que la mienne, et dans cette vie un compagnon, un autre géomètre, avec lequel je puisse partager mes joies et mes angoisses d'être vivant. Pourquoi ne pas se suffire de mes amis terriens ? Probablement parce que nous n'avons pas toujours les mêmes unités de mesure.

Keo vient de me donner une nouvelle manière de mesurer le temps. Il est grand temps que j'écrive donc mon message pour ce lointain futur. Je vais m'y consacrer dans les jours qui viennent. Je ne veux pas rater le passage de ce facteur. Je te recopierai cette lettre, ami extraterrien. Je te le dois. Si tu es de ceux qui auront d'ici là colonisé notre belle planète, tu sauras avant les autres que parmi les millions de messages, il en est un qui t'est particulièrement cher… Parmi ces millions de lettres, l'une te sera déjà familière. Tu la reconnaîtras, elle témoignera aussi de notre amitié par-delà le temps. Vois où va se nicher la vanité des petits hommes perdus dans un espace infini : je me plais à imaginer que cette lettre, la mienne, sera distinguée parmi toutes, qu'elle retiendra un peu plus l'attention des chercheurs qui se pencheront sur ce colis venu du passé, peut-être grâce à toi.

Et au cas où nous partagerions le même présent, où notre rencontre épistolaire se ferait à notre époque, je compte sur toi pour transmettre à tes propres descendants ces lettres que je t'envoie et notamment celle-là qui volera avec l'oiseau porteur de tous ces messages d'humains si variés mais qui tous vivent aujourd'hui sur ce grain de poussière dans l'univers. Ils inscriront alors cette date sur leur calendrier. Mes lettres ne seront qu'une annonciation de cette aurore boréale qui illuminera leur ciel le jour ou Keo reviendra sur la Terre.

J'ai souvent douté de la fonction de ce courrier que je suis probablement le seul à connaître. Même sur internet, personne ne m'a fait signe. Pas même un terrien. Obstinément j'écris sans attendre de réponse, mais maintenant je tiens à cela plus que tout. Comment imaginer ne laisser aucune trace, aucune empreinte, aucun sillage ? Avoir mis tant d'application à vivre puis s'évaporer dans l'espace en fines particules, se disperser jusqu'à l'invisible, éclater comme une bulle et ne rien laisser de soi ? Il se peut que je doive admettre cette réalité de mon espèce, mais j'aurai essayé de marquer mon passage. On pourra se moquer de cette obsession de la transmission. On pourra trouver ridicule et vain de ne pas céder tout à fait au néant. Je lance une flèche dans l'inconnu. Parmi toutes les sortes de vanités humaines, celle-là au moins ne dérange personne et ne contribue pas à rendre ce monde moins harmonieux. Dans la chaîne des causes et des conséquences je n'imagine pas que ces mots provoquent davantage de malheur. Je ne connais pas exactement ma cible, je ne sais pas vraiment ce que je vise, mais ma flèche en tout cas, même si elle atteint son but, ne sera pas douloureuse. Cela justifie que je tende la corde de mon arc.

Les nuits sont de plus en plus longues. Le froid est vif. Nous nous rapprochons de notre saison la plus rude. Je reste au chaud dans ma tanière. Il est très tard E.T. J'aurai longtemps veillé ce soir pour cette longue lettre. Je vais encore devoir veiller dans les jours qui viennent pour écrire le message destiné à l'oiseau Keo. Il faut que je sache être bref, que je parvienne à choisir certains mots plutôt que d'autres. J'aurai peu de temps. J'aurai peu de mots. C'est la loi de la vie.

Sarinagara (n'oublie pas : c'est notre secret).

13

Cher E.T.,

Je t'envoie comme convenu le message que j'ai rédigé pour les terriens du futur et qui sera confié au facteur Keo. J'ai essayé de faire de mon mieux. J'y ai pensé pendant de nombreux jours pour finalement l'écrire en une seule nuit. Tu y retrouveras bien sûr certaines des choses que je t'ai dites plus longuement. Je dois t'avouer que cette courte lettre apaise un peu certains de mes doutes. Je m'interroge trop souvent, tu le sais, sur la portée de ces phrases que j'aligne ainsi au fil de certaines nuits depuis une saison entière sur notre planète. Savoir que cette lettre, au moins celle-là, s'inscrit dans une finalité, dans un projet concret, cela me redonne un enthousiasme tout neuf. Ne m'en veux pas, cher inconnu, de devoir retrouver une motivation qui me fait parfois défaut. Certains pourraient parler ici d'un manque de foi. Je sais le besoin que cette correspondance révèle. Je doute seulement de la forme que prend la réponse à ce besoin. Au moins cette forme-là, contrairement à beaucoup d'autres, reste toute pacifique. Et rien n'est plus précieux que la paix, joyau le plus rare au pays des terriens.

Je suis donc heureux de partager avec toi, mon meilleur ami et le plus mystérieux, ce message envoyé à d'autres amis, les hôtes futurs de ma maison la Terre, à une époque où je l'aurai quittée depuis longtemps.

Chers amis du futur,
Voilà plusieurs jours que je dois vous écrire, plusieurs jours que je retarde ce moment, ne sachant ni par où ni par quoi commencer, n'arrivant pas à décider ce que j'aimerais vous dire dans ce message que j'accepte de livrer au plus grand des hasards, à la plus grande des incertitudes, à l'avenir de notre planète et à vous, nos très lointains descendants.

Vouloir tout dire, et n'avoir jamais assez de mots : voilà pourquoi j'ai tant attendu. Et voilà pourquoi en ce seul soir, dans cette seule nuit, la plus longue de notre année, qui marque le passage entre deux saisons, je vais finalement vous livrer mon message de terrien. J'ai failli renoncer, ne croyant plus que tout cela – je veux dire cet incroyable voyage dans l'avenir – puisse avoir un sens. Mais il a suffi que je sorte quelques minutes dans mon jardin, dans cette première nuit d'hiver, pour retrouver la certitude qu'il fallait le faire. Comme souvent, c'est en regardant les étoiles que j'ai retrouvé la bonne dimension. En haut, dans cet espace infini, nous avons souvent situé le royaume de nos dieux. Mais ce ne sont pas les dieux que j'y ai vus ce soir : c'est vous, nos enfants d'un très lointain demain.

Je m'aperçois que je continue à retarder le moment de vous dire vraiment ce que nous sommes et ce que je voudrais vous transmettre. Je fais encore des phrases. Je gagne du temps. Comme si je voulais attendre l'ultime moment, pensant peut-être pouvoir trouver l'essentiel dans ce point de non-retour, dans cette urgence définitive. Mais je ne peux plus reculer. Demain, ce sera trop tard. La fusée s'envolera, emportant ce petit satellite porteur de tous ces messages qui vous sont destinés. Et moi qui ai toujours tant voulu parler, échanger, rencontrer, je ne peux pas laisser passer cette chance inouïe de vous envoyer ma lettre. Qui sait ? Peut-être ne suis-je venu dans cette vie que pour cet instant seulement, pour écrire ces quelques mots qui vous diront à leur manière ce que la vie fut ici, dans ce qui sera peut-être pour vous un passé tellement lointain que vous aurez du mal à le concevoir comme nous-mêmes il nous est difficile d'imaginer la vie de nos ancêtres les plus éloignés.

Je n'ai donc que quelques mots pour laisser la trace d'un être vivant, de sa vie si commune et pourtant si unique. Que me vient-il tout de suite à l'esprit si je pense à cette vie ? Sa fragilité et sa force, ses laideurs et sa beauté. Je repense à ces mots d'un de nos écrivains du siècle précédent : « Une vie ne vaut rien, mais rien ne vaut la vie ». Je suis, aujourd'hui, à peu près au milieu de la mienne. Je n'ai cessé, depuis l'âge où j'ai su me regarder vivre, de faire des bilans. Ce soir, dans cette nuit sans lune, c'est un peu comme si j'allais mourir, c'est un peu comme un testament que je projette dans l'espace. Je me lance, je m'élance, dans un souffle, dans une seule respiration je me livre à vous.

J'aime cette vie d'un amour désespéré. Je sais que je ne devrais pas y tenir autant que cela, mais je ne cesse au contraire de vouloir sentir la vie, d'en épouser les contours, de la caresser. Je sais que j'ai de la chance, la chance d'être né à un endroit, à un moment, et dans des conditions, qui font que j'ai pu, jusqu'à aujourd'hui, avoir le sentiment de pouvoir un petit peu diriger mes pas dans l'incroyable entrelacement des chemins de l'humain. J'ai pu être libre, ou tout au moins, en avoir le sentiment. Je n'ai pas été contraint à un travail dégradant, je n'ai pas subi de trop grandes souffrances. Je ne peux pas parler pour toutes celles et tous ceux, les plus nombreux sur notre planète, qui peinent à survivre dans un monde profondément hostile. J'aimerais donc tout simplement d'abord vous exhorter, si vous poursuivez l'œuvre des hommes, d'offrir au plus grand nombre de vos congénères des conditions de vie qui permettent à chacun de découvrir librement quelques-unes des saveurs de l'existence et d'accorder à tous la capacité de savoir les goûter.

Notre monde est plein de bruit et de fureur (ce sont encore les mots d'un écrivain qui s'imposent à moi…). Trop de larmes, trop de guerres. La très longue, très étrange, et merveilleuse histoire de l'évolution de notre espèce ne débouche souvent que sur un tissu d'injustices, de manipulations, de médiocrités et de cruautés. La plupart de nos civilisations les plus puissantes ne sont plus fondées que sur une idolâtrie de l'argent et une idéologie marchande qui ne recule devant rien pour assouvir son besoin d'expansion. D'autres traditions, plus archaïques mais pas moins dangereuses, se rattachent à des religions intolérantes et fanatiques.

L'humain est pourtant capable d'exploits formidables. Il cherche inlassablement à comprendre, il réfléchit, il construit, il guérit, il invente, il crée. Tant bien que mal, parfois, il essaye d'aimer. Maladroit mais beau. Nous sommes condamnés à ce mouvement perpétuel entre ce que nous détruisons et ce que nous bâtissons. Et vous aussi, probablement, vous vous nourrirez de nos destructions. J'aimerais croire que vous imaginerez sur les ruines de notre monde un autre sens au mot « progrès », et que vous saurez garder une place pour l'esprit, pour l'intelligence, pour la claire conscience de l'existence, en vous protégeant de toutes les sortes d'aliénations et toutes les sortes de drogues que nous avons inventées jusqu'ici pour détourner l'homme de lui-même ou pour en faire un esclave.

J'ai beaucoup aimé les livres, qui vont probablement bientôt disparaître. J'espère aussi que vous aurez su dépasser le stade de la dictature des images à laquelle notre monde est soumis aujourd'hui sans que beaucoup de voix ne s'élèvent pour la dénoncer. J'ai aimé l'art, même dans ses formes les plus mineures, et tout ce par quoi l'homme est capable de transcender un peu sa condition. Faites de votre vie une œuvre d'art, en riant du bonheur d'exister et de participer à cette chaîne dont on ne connaît ni le début ni la fin. Il serait tellement dommage de gâcher tout ce que ce monde, même avec ses dangers, tout ce que cette vie, même avec ses souffrances, recèle de joies véritables.

Ne cherchez pas de dieu hors de vous-même. Cultivez l'art de la caresse. Offrez si vous le pouvez un jardin à chacun de vos enfants. Aimez la vie comme un cadeau. Protégez-la en accomplissant ce dont nous avons été incapables : faire de chaque instant toute une éternité d'amour. Pensez à nous avec émotion. Je compte sur vous et je tends vers votre monde de demain mes mains, mon âme, et mon cœur.

Voilà, cher E.T. C'était hier. Je me suis condamné comme tu le vois, à une forme d'urgence. C'est étonnant quand on sait que cette lettre mettra ensuite 50 000 ans à parvenir à ses destinataires… Cela me rappelle qu'il est toujours urgent de vivre, et nous ne le savons pas toujours. Ou du moins, nous l'oublions souvent.

Nous avons donc changé de saison à notre calendrier. Voici l'hiver. J'ai hâte de pouvoir te le raconter. Car chaque saison, même froide, même rude, est un moment de cette vie d'où je te parle. J'ai tant de choses à te dire encore !

Sarinagara ! Ton ami fidèle.

14

Cher E.T.,

Comment t'expliquer ce long silence ? Je suis pris d'une sorte de vertige à devoir te raconter tout ce qui s'est passé depuis ma dernière lettre. C'était il y a si longtemps. C'était hier. C'était l'hiver. Il y a dix ans.

Dix ans, et me revoilà devant un écran (il s'est agrandi depuis), me revoilà dans la nuit, me revoilà dans l'automne, comme au début de cette correspondance. Rien ne semble avoir changé. Même lieu, même saison, et mes doigts sur le clavier dans le rond de lumière de la petite lampe de bureau. *Sarinagara…* Tu te souviens ? *Et pourtant…*

C'est moi, et ce n'est pas le même moi. Tu devrais comprendre facilement à moins que tu ne sois soumis à aucune temporalité. D'ailleurs, toi-même, qu'as-tu fait pendant toutes ces années ? Je ne peux pas t'imaginer avoir déserté nos parages. Je ne peux pas t'imaginer avoir disparu ou être mort. Non que je te croie immortel, mais je t'envisage solide et durable, une belle mécanique savante, du costaud, du robuste technologique. J'espère que ton obsolescence n'est pas programmée, ta durée de vie limitée. Tu es là. Tu peux encore m'écouter. J'aime croire que tu m'attendais. Que tu t'interrogeais. Que tu t'inquiétais. J'aime croire que tu te réjouis de lire cette nouvelle lettre, enfin. C'est à cela que l'on reconnaît un ami.

Pourquoi avoir tant attendu ? Quelque chose probablement m'a détourné de ma tâche. Au premier jour de l'hiver, pourtant, nul cataclysme ni catastrophe. Les jours ont succédé aux jours, goutte de temps après goutte de temps. Cette eau a filé entre mes doigts. J'ai voulu la retenir en serrant le poing. Je n'avais pas compris qu'il valait mieux creuser la paume pour la recueillir.

Je venais d'écrire cette lettre aux futurs terriens que le petit Keo devait emporter. Je m'enthousiasmais d'avoir trouvé un facteur. Je t'avais confié ce courrier en avant-première. J'y parlais d'espoir, de ruines et d'élans, de désespoir et d'avenir. Il m'a semblé probablement que j'avais atteint une partie de mon objectif, accompli ma mission.

Et la vie m'a happé. Ne souris pas, cher E.T., quand tu traduiras dans ton langage certaines de mes comparaisons. Il me semble que la vie m'a invité à danser et que je n'ai cessé de passer d'un bal à un autre. Ivre. Et je t'ai délaissé.

Je ne t'ai jamais oublié. Je pensais à toi de loin en loin. Je savais que ces lettres étaient là, il me suffisait de le savoir. J'ai souvent décidé de t'écrire à nouveau. J'ai pris des résolutions. Je ne les ai jamais tenues. Je suis peut-être impardonnable mais tu vois, E.T., je suis encore là, et c'est le même désir de dire, intact, c'est le même élan vers toi, toujours neuf. Alors ne m'en veux pas trop s'il te plaît. Tu as attendu. Je reviens. Ne me juge pas trop facilement. Il me fallait peut-être plus de rendez-vous avec la vie pour pouvoir continuer de te la raconter.

Ces derniers temps il m'a semblé que les signes se multipliaient qui te rappelaient à moi. Depuis quelques mois, sans les rechercher, j'entends ou je lis régulièrement des nouvelles de l'espace. J'ai appris que nos sondes voyageuses au très long cours ont continué leur incroyable course de pionnières dans l'univers. Il faut que je commence par te donner les nouvelles les plus récentes.

Voyageur 1 a quitté la terre il y a 35 ans, elle se trouve maintenant à plus de 18 milliards de kilomètres de ma planète. Elle s'enfonce dans un monde jusqu'ici inexploré, aux confins de notre système solaire. Nos scientifiques prévoient le moment où elle doit sortir de la zone d'influence du soleil pour entrer dans le gaz interstellaire ou galactique, celui à partir duquel se forment les étoiles. Les terriens n'ont pas oublié de faire de cette sonde une bouteille à la mer cosmique. Le disque d'or qu'elle contient indique la position de la terre dans l'espace, montre la photo d'un fœtus, l'ADN (la structure de base de notre vie sur terre), des cris d'animaux, une sélection musicale, et des messages (mais pas le mien !) dans 55 langues différentes, dont celui-ci, écrit par l'un des présidents de nos nombreux pays : « *C'est un présent d'un petit monde éloigné, une marque de nos sons, de notre science, de nos images, de notre musique, de nos pensées et de nos sentiments. Nous essayons de survivre à notre temps de sorte que nous puissions vivre dans le vôtre.* »

Je t'avais déjà parlé de ce petit messager il y a 10 ans. En entendre parler aujourd'hui me fascine d'autant plus. Les scientifiques, qui savent aussi être poètes, disent que cette sonde spatiale est peut-être déjà en train de « *danser à la limite* » de l'espace intersidéral. Et moi aussi, petit homme perdu dans l'univers, je danse à la limite du temps que la vie voudra bien m'accorder...

J'ai aussi découvert de très récentes images prises par une autre sonde qui se promène du côté de la planète Saturne. Vue de là-bas, notre Terre est un point minuscule ! C'est pourtant là que j'habite, que j'ai conscience d'être, et que je t'imagine. Je suis infiniment petit. Infiniment perdu ?

Je l'avoue, cher E.T., ces nouvelles de nos messagers, ces images de notre espace, m'ont à nouveau fait rêver. C'est l'une des raisons qui me pousse à reprendre enfin le fil de ces lettres. D'autant plus que d'autres dépêches ont relayé de nouvelles découvertes dont nos médias se sont fait l'écho avec un enthousiasme communicatif. « *Nous ne sommes pas seuls* » titre un magazine spécialisé, alors qu'un autre s'intéresse très sérieusement aussi à de nouvelles formes possibles d'intelligences extraterrestres, structures qui flotteraient dans l'immensité du cosmos et ayant atteint une telle complexité qu'elles deviendraient « *capables de comprendre et réfléchir* ». On leur a même donné un nom : *cerveaux de Boltzmann* (du nom d'un génial physicien d'un siècle passé). Je préfère toutefois continuer de t'appeler tout simplement E.T. !

Il semble désormais admis qu'il existe un nombre astronomique (qui dans ce cas veut dire : qui tend vers l'innombrable) de planètes semblables à la nôtre dans l'Univers, ce qui, dit encore le magazine, toujours très savant : « *relance totalement l'hypothèse de l'existence d'une vie extraterrestre* ». Mieux : les arguments s'accumulent révélant que notre petite planète ne profite pas de conditions si exceptionnelles que ça, contrairement à ce qu'on pensait. Voilà pourquoi nos astronomes sont de plus en plus convaincus que nous ne sommes pas seuls !

Tu comprends que je ne pouvais pas rester indifférent à de telles révélations. Les chiffres, là encore, donnent le tournis : 10 000 milliards de milliards ! C'est le nombre de gouttes d'eau dans tous les océans de notre monde, c'est le nombre de grains de sable sur notre Terre et c'est… le nombre de planètes habitables dans l'Univers ! Ma Terre est donc une goutte d'eau perdue dans l'immensité d'un océan de planètes habitables…

Bien sûr « habitable » ne veut pas dire nécessairement qu'on peut s'y allonger tranquillement sur une pelouse et sentir la douce caresse du soleil sur la peau, ou nager dans une eau tiède et bleue, ou y vivre tout de suite dans des maisons qui peuvent être confortables, avec un ordinateur comme le mien et un chat sur le canapé… Pourtant nos savants font là encore des découvertes dans le domaine de l'exoplanétologie, c'est-à-dire qui concerne les planètes situées en dehors du système solaire… Tu vois, moi aussi je deviens savant ! Les nouvelles données montrent que la majorité des systèmes planétaires sont aussi paisibles que le nôtre. Même les planètes sans lune. Même les étoiles rouges naines !

J'aime bien lire des choses comme ça dans ces magazines spécialisés, et m'amuser aussi de mon ignorance, car figure-toi que je ne sais pas du tout ce que sont les étoiles rouges naines, mais je fais entièrement confiance à nos astronomes. Je suis toujours sidéré par leur capacité à connaître ainsi un espace aussi éloigné, et qui s'échappe toujours plus loin quand on essaie de le décrire. J'ai entendu aussi récemment sur l'un de nos écrans (celui qu'on appelle télévision) une explication de la théorie de la relativité, considérée souvent comme la plus grande découverte scientifique humaine de tous les temps. On y parlait d'un espace-temps, d'un univers courbe, de trous noirs… Je suis dans ces moments-là dans un état de fascination un peu imbécile. Je dois t'avouer, ami extraterrien, que je ne serai pas ton meilleur interlocuteur quand il faudra t'expliquer précisément l'état actuel de nos connaissances scientifiques. Je saurai en revanche te parler davantage de ce que les hommes ont su créer pour raconter leur vie et leur condition, des formes qu'ils ont données à leurs questions existentielles. Là, je suis moins ignare. Je ne suis pas sûr que ce soit plus utile mais c'est ainsi : mon cerveau a été plus réceptif aux domaines de la création et de la pensée conceptuelle (ce qu'ici nous appelons « l'art » ou « la philosophie ») qu'à ceux de la compréhension des lois de la physique. Je m'en veux parfois de cette incapacité, mais j'espère pouvoir me faire pardonner en étant le porte-parole de la totalité de mes congénères, ceux qui analysent la physique aussi bien que ceux qui imaginent une métaphysique. Nous n'avons jamais fini de décoder ce que nous appelons notre « réel » et nous avons probablement besoin de tout le monde.

Bref, ces derniers temps, ces scientifiques, qui sont aussi pour moi des concepteurs et des créateurs, s'emballent : « *Le nombre incommensurable de terres qui constellent le firmament leur a donné des ailes* ». L'oiseau Keo, lui, n'a pas encore déployé les siennes... Ça, c'est une moins bonne nouvelle. Je te la raconterai dans ma prochaine lettre, car il est tard déjà, cher E.T., et désormais je me couche plus tôt.

À très bientôt. Ton ami retrouvé.

15

Cher E.T.,

J'ai failli rechuter. Cesser d'écrire à nouveau. Tout me paraît parfois tellement vain… Dix ans passés ne sont pas faits pour arranger ce genre de chose. Je ne sombre pas, mais je m'approche souvent d'une limite où je m'arrête un peu hébété. Je cesse de danser, je cesse la pantomime et m'interroge toujours : à quoi bon…

Les milliards de planètes dont je te parle dans ma dernière lettre peuvent bien m'enthousiasmer en augmentant la probabilité de te rencontrer. D'autres jours cet innombrable me renvoie à mon infinie petitesse. Ces grandeurs qui m'ouvrent à d'autres mondes me rappellent aussi ma stupide prétention : que puis-je espérer, en n'étant qu'un point dans l'univers et un être si fragile sur cette terre ? Tu vois, rien de nouveau sous mon soleil. Toujours je balance, et plus encore qu'il y a dix ans, entre une violente espérance et une vive désespérance.

Comme chaque fois (souviens-toi de mes anciennes lettres) c'est le ciel qui, si j'ose le dire ainsi, m'a sauvé. Un ciel crépusculaire. De vastes traînées roses dans le bleu qui pâlit. Un ciel d'automne qui m'a fait signe alors que je marchais au milieu d'une campagne paisible. Un autre jour qui finit mais qui finit en beauté. Des heures qui s'enfuient mais qui meurent avec grâce. Le monde me l'a dit à cet instant-là, et je devais le dire à mon tour. Le jour d'après, le jour d'ailleurs, l'aube qui paraît de l'autre côté de notre sphère bleue quand ici nous sombrons dans l'obscurité. Ce spectacle vespéral, la couleur du couchant, m'a ramené une fois encore à l'enfance de notre philosophie, celle qui nous rappelle que rien ne s'achève vraiment, que tout est mouvement. Ce ciel a suffi pour nourrir mon désir. Je devais quelque chose à ce crépuscule. Avant que mon jour ne s'achève, il fallait que je parle encore, que je rende hommage au soleil qui m'a accompagné, que je parle à ceux qui verront d'autres aurores. Ces lettres, alors, m'ont semblé essentielles. J'ai pressé le pas. J'avais hâte de pouvoir te retrouver virtuellement. J'avais hâte de te raconter ce ciel.

Rien de neuf, pourtant. La terre fait chaque jour son petit tour. J'ai calculé – je n'y avais jamais songé – que depuis que je suis né cela s'est produit un peu plus de 20 000 fois. 20 000 aurores, 20 000 crépuscules. Rien de neuf, et rien de mieux, car les nouvelles, cher E.T., ne sont pas très bonnes.

L'oiseau Keo n'est pas dans le ciel. Curieusement, au long de toutes ces années, je n'ai pas pensé à m'en inquiéter. Je t'ai fait comprendre à quel point la navigation de ma vie m'a amené dans des eaux tempétueuses. Je me suis détourné du ciel. Ou du moins je ne l'ai plus toujours regardé de cette façon ou pour cette raison. J'avais écrit mon message. Mon essentiel était dit. Je ne savais pas alors que je ne savais rien, ou si peu. Nous autres les hommes sommes toujours présomptueux. Je suis comme tous. J'avais déposé ma petite part de vérité dans le cœur de cet oiseau de titane. Je ne m'en souciais plus.

Pendant ce temps la date de lancement de la petite sonde spatiale a été plusieurs fois repoussée. Les années sont passées. Et celui qui avait eu l'idée de ce messager pour le futur a quitté cette vie. Avant que son projet n'aboutisse une maladie fulgurante est venue le frapper. Keo est toujours à terre. Où est, si elle existe, l'âme de son créateur ?

Je suis triste, bien sûr, de savoir que cet homme ne verra pas s'envoler, porté par une puissante fusée, tous ces messages de terriens qu'il a contribué à rassembler et à protéger. Je suis triste de voir comment, encore une fois, la mort nous empêche de finir nos phrases.

La nouvelle n'est pas très bonne, mais si je pense à cet homme trop tôt disparu, il ne s'agit finalement, que d'un simple retard. Nulle hâte de nous autres pourtant si empressés. Que sont quelques années au regard des

50 000 au cours desquelles Keo tournera autour de notre planète ? Comme il y a dix ans, le poète me redit : *patience dans l'azur...*

Rien de grave. Le facteur prend son temps, les lettres sont bien gardées. D'autres nouvelles sont bien plus inquiétantes. Dix ans à peine, et dans cette durée si brève au regard de notre univers, le monde a continué de se défaire, de se découdre, de se démonter. Le temps d'une enfance pour un humain mais pour l'humanité un temps pour rien sinon pour le pire.

Je reprends cette lettre interrompue hier soir. Comme souvent désormais, je me suis laissé distraire par cet écran, celui sur lequel je t'écris. Car là, tout près, il suffit d'un clic pour avoir des nouvelles de ce monde, recevoir des multitudes d'injonctions à regarder des images, lire des textes, en tous genres, de toutes sortes. C'est un autre infini dans lequel on peut rebondir d'un mot à un autre, d'une image à une autre, et très vite en suivant cette chaîne se retrouver soi-même enchaîné, attiré, aspiré, avalé. C'est peut-être cela un trou noir, non ?

Un clic : tu auras peut-être du mal à traduire et comprendre ce mot. Cela signifie : appuyer sur la souris. Décidément, nous ne te facilitons pas la tâche quand il s'agira de déchiffrer nos langues innombrables ! Cette « souris » n'est pas le petit animal à pelage gris que tu verras sur nos images d'encyclopédies visuelles mais l'interface entre notre main et l'écran. Rien d'animal. Juste une ressemblance formelle. Seulement du technologique. Cela dit, depuis le début de notre correspondance, les techniques ont encore transformé les objets qui nous entourent, et même cette souris sera bientôt obsolète. Désormais il suffit parfois de poser le doigt directement sur l'écran pour interagir avec l'ordinateur. Je réalise à quel point, dans ce court laps de temps où je t'ai négligé, cher correspondant introuvable, les innovations dans cette technique qu'on appelle « informatique » ont incroyablement continué leur accélération. Je ne sais si on peut parler de progrès mais nous trouvons aujourd'hui très naturel d'utiliser des écrans tactiles qui apparaissaient il y a encore très peu de temps comme de la science-fiction. Dans ce domaine au moins, on peut dire que le monde évolue, en tout cas pour ceux qui peuvent avoir accès à toutes ces nouveautés. C'est bien le seul domaine où quelque chose change.

Je te disais hier soir que notre humanité ne grandit pas. Est-elle encore trop jeune ou déjà trop âgée ? Une vie d'homme est évidemment peu de chose au regard des grands intervalles historiques. On aimerait pourtant lire dans le présent des promesses pour l'avenir, mais assistant à ce crépuscule-là je n'imagine plus d'aurore. Je suis chaque jour qui passe dans une sorte de sidération devant l'emprise de la force brutale, de la violence quotidienne, de l'état de guerre de tous contre tous. Et je sais trop bien que ce que j'écris ici, bien d'autres avant moi, philosophes et écrivains, l'ont déjà écrit. C'est pour cela que j'aimerais tant pouvoir te livrer une autre vérité, te peindre un autre tableau. Rien n'y fait. Hormis nos jouets technologiques et l'essor de nos sciences, rien ne me paraît très différent de ce que de très anciens parmi mes ancêtres auraient pu te dire : rapports de force, instinct de survie transformé en besoin de dominance, aliénations variées, drogues diverses, tragédies incessantes. La liste est longue, E.T., et ne change guère selon les époques. Je peux comprendre que dix ans ne suffisent pas à la maturité du monde, mais j'aimerais pouvoir te dire qu'ils n'ont pas trop contribué à son pourrissement. Je n'en suis pas sûr.

C'est peut-être aussi pour cela que j'ai cessé de t'écrire. À quoi bon continuer la litanie des mauvaises nouvelles… J'ai voulu t'épargner la longue plainte des hommes et de leurs souffrances. Je t'avais pourtant préparé, et je l'ai souvent revisité dans mon esprit, la liste des plaisirs de la vie. Je te le dis depuis ma première lettre : j'ai la chance d'être épargné par la plupart des maux qui frappent mes frères les humains. Pour être honnête il faudrait donc que je te dise aussi tout ce qui est doux en ce monde de brutes. Car la douceur de vivre est aussi une réalité dont je peux témoigner.

Aujourd'hui j'ai fait de l'ordre. J'ai rangé tout ce qui encombrait mon bureau, tas de papiers accumulés, documents de toutes sortes. C'est agréable de mettre de l'ordre, de faire des piles bien nettes, de les aligner en belles parallèles, de trier, d'archiver, de ranger dans des boîtes ou des classeurs, et de les aligner à leur tour. Mes filles se sont souvent moquées de mon goût pour le rangement. Elles ne comprennent pas que cet ordre que je crée, que je décide, est une forme d'apaisement. Je me sens beaucoup mieux. J'y vois plus clair. J'ai agi. J'ai organisé. Là, au moins, je peux penser que chaque chose est à sa place.

Le monde, malheureusement, n'est pas mon bureau. Ne rien pouvoir contre ce grand désordre est une source de souffrance. Il faudrait que j'accepte définitivement que ce désordre est la nature même de notre humanité sur cette planète, que de ce désordre peut naître à tout moment un ferment nouveau qui nous sauvera de la perte, que ce désordre est nécessaire au grand mouvement qui nous entraîne tous. Ma vie aussi, ma propre vie, je l'ai souvent laissé aller en désordre, je l'ai livrée à tous les vents sans plus penser à trier ou à garder bien parallèle. Je suis mal placé pour faire l'éloge de l'ordre. Quelque chose en moi résiste pourtant qui me pousse vers une construction qui me reste à faire, et pour le monde aussi si je le pouvais. Plutôt qu'ordre il faudrait dire ce mot auquel je tiens tant : harmonie.

Ni progrès, ni rangement. Nous sommes donc, nous les humains, toujours aussi désespérants. Alors, quand nous avons dépassé le stade de la survie, nous faisons mumuse avec nos jouets technologiques, et sur nos écrans nous regardons le monde s'écrouler. Et moi je t'espère toujours, je t'espère à nouveau.

E.T., je te disais jadis que je ne voulais pas faire de toi un nouveau dieu. Je le pense plus que jamais. Les dieux que nous inventons suscitent toujours des croyances mortifères, affolent les humains, les jettent les uns contre les autres. Alors, l'ami, dis-le bien à mes frères humains, souvent sourds, souvent fous. Trouve les mots quand tu viendras, je t'en prie. Interdis-leur de te vénérer, de sacrifier leur vie et tant d'autres vies pour un rêve post-mortem. Redis-leur que la vie est leur seule richesse, qu'elle est tout, et qu'ils doivent la préserver comme leur seul trésor. Parle un peu fort s'il le faut. Hausse le ton. Ne dis pas que tu viens nous sauver, mais parle à tous de cette harmonie qui dépend de chacun.

J'ai de plus en plus de mal à rester patient, à accepter les ruines à venir. Ami, aide-nous à préserver ce qui peut l'être encore. Un point dans l'univers. Et moi, un microbe sur ce point. Presque rien. Et pourtant… Tu vois je retrouve notre *sarinagara*, notre code secret. C'est bon signe, et je veux finir cette lettre sur ce mot qui résiste à tous les désordres, à toutes les confusions, à tous les malheurs.

Ce soir, j'ai mangé un plat qui a pour moi une saveur très particulière. Quand tu viendras nous voir, il serait dommage que tu ne sois pas gourmand. Je pourrai te faire goûter bien des délices. Mais le plat de ce soir était très simple, pas du tout de la haute gastronomie.

Nous savons cuisiner des mets très raffinés, mais ce n'étaient cette fois que quelques châtaignes cuites avec du lait chaud. Pourtant, ce goût est pour moi à nul autre pareil. C'est celui de mes vacances dans un pays de châtaigniers, celui des étés lumineux et heureux, celui où j'étais un enfant qui n'avait qu'à se mettre à table après avoir bien couru dans les chemins, fait du vélo sur les petites routes désertes, bu l'eau claire à la fontaine du village, gardé les vaches dans les champs, trempé les mains dans le ruisseau, mangé les fraises sauvages au bord du bois, effleuré le blé avec la main, grimpé dans les arbres, coupé la queue du lézard, couru en toute innocence après les jeunes filles… Mon père épluchait les châtaignes. Elles avaient cuit très longtemps, depuis le matin très tôt, sur la cuisinière à bois. Ma mère faisait bouillir le lait qu'elle versait dans l'assiette creuse. J'ai retrouvé ce soir le goût du bonheur passé.

Dix ans, cher E.T., et mes parents ne sont plus là. Ils sont peut-être sur une autre planète. C'est peut-être ta planète. Ils t'ont peut-être rencontré. C'est aussi en pensant à eux que j'ai eu envie de t'écrire à nouveau. Peut-être pourrais-tu me confirmer qu'ils ont retrouvé là-haut – c'est comme cela que l'on a coutume de dire ici – leurs deux enfants partis trop tôt dans cet ailleurs qui reste le plus insondable de tous les univers. Nul vaisseau vers ce néant. Nul messager vers cet autre côté. Parfois, j'espère que tu en sais plus que nous sur ce mur invisible devant lequel s'achèvent nos voyages. Donne-nous alors des nouvelles de cet autre monde.

En attendant de te lire un jour, proche ou lointain, je t'adresse, moi l'ami infidèle, l'expression de ma fidèle amitié.

16

Cher E.T.,

Aujourd'hui le monde aurait pu s'écrouler. Au pied des falaises calcaire les vagues s'écrasaient dans un bruit sourd. Sans violence, mais avec la force tranquille de ce mouvement obstiné qui caresse et creuse la roche. J'ai dérangé sans le vouloir quelques goélands qui ont tourné au-dessus de moi en attendant que je m'éloigne. Certains oiseaux sont passés à quelques mètres à peine au-dessus de ma tête. Je ne demandais rien. J'ai même réussi à ne pas envier leurs ailes. Le ciel était bleu. La roche était blanche. Rien à ajouter. Rien à retrancher.

Je n'en revenais pas de pouvoir encore goûter une telle qualité de silence. Le seul bruit était celui de l'eau contre la pierre. C'est donc encore possible, malgré tout, si près de la ville. Je suis allé au bout du cap qui surplombe une anse absolument ronde, creusée par la mer en un demi-cercle parfait. Je suis allé au bout du sentier. Au bout du bout. Je suis venu là souvent.

Depuis longtemps. Et comme chaque fois j'ai pensé à un bout du monde. J'ai retrouvé la même lumière. J'aurais pu croire que rien n'avait changé. Ni moi, ni le monde. Mais ce jour clair d'un automne sec n'a pas suffi à me faire oublier les apocalypses annoncées. Aujourd'hui le monde aurait dû s'écrouler. Il me semble que quelque chose était accompli.

Et ainsi planté droit au sommet de la falaise, j'ai eu un instant le vertige. Je me suis cru le premier homme. C'est un sentiment assez ordinaire pour certains esprits vaniteux. Ce n'est pas un rêve de solitude, mais un désir de tout recommencer, de tout reprendre au début, d'habiter un monde neuf, de jouir d'une aube nouvelle et de marcher vers la lumière comme si c'était la première fois.

J'ai regardé cette lumière sur la mer. Je me suis juré de ne pas en faire un poème. Pourtant les mots affluaient, en désordre, comme une autre sorte de vague qui tentait de forcer le passage de ma bouche. De toute façon, le premier homme était probablement muet. Ou n'articulait que quelques sons maladroits. Et il avait autre chose à faire qu'à contempler l'horizon en se croyant unique.

Je ne peux pas jurer ne pas avoir eu envie de me jeter dans la mer. Cent cinquante mètres de haut. Un beau plongeon. C'est là un vertige moins intellectuel. Il y a si peu de pas à faire. J'étais à deux mètres du vide. J'aurais sûrement crié. J'aurais dérangé quelques oiseaux de plus. Et c'est tout. Moi qui ne suis pas le premier homme, je ne serai pas non plus le dernier. Seulement un parmi les autres, un comme les autres.

Pourquoi te raconter tout cela, cher E.T., alors que je m'étais promis de ne pas me perdre dans les détails, dans les anecdotes de ma seule vie ? Une fois de plus j'étais aujourd'hui en marche dans ce pays de cocagne qui dispense tant de beautés gratuites. L'automne est aimable. On dit ici « été indien » pour désigner cette saison quand s'attarde la douceur. Dans les arbres, dans les vignes, les feuilles se colorent à peine. J'ai vécu de nombreux dimanches comme celui-là, à parcourir à pied nos paysages. Je me suis lancé aussi dans de plus longues randonnées, et dans d'autres pays. J'ai ramené d'autres cailloux, des blancs, des gris, des noirs, des lisses, des rugueux, que j'ai mélangés aux autres (tu te souviens ?). Ne te vexe pas, cher E.T., si je te dis que ces dix années sans toi ont été très occupées. Je ne t'ai pas délaissé pour de bonnes raisons seulement – mais qui peut juger ? – mais je suis sûr au moins d'une chose : je n'étais pas immobile. Je reviens de cette errance avec cette seule certitude.

Si je m'étais jeté dans le vide, mon grand plongeon m'aurait amené tout près d'une cavité sous-marine où des hommes, eux aussi parmi d'autres, sont venus il y a 30 000 ans dessiner sur les parois d'une grotte. Notre mer a haussé son niveau. Aujourd'hui cette cathédrale préhistorique n'est accessible qu'aux plongeurs et reste miraculeusement conservée. J'ai vu des images. Surtout celles des traces de mains, doigts écartés, pliés, coupés peut-être. Des contours marqués par des pigments rouges soufflés sur la main posée sur le rocher. Et moi, sautant de la falaise, je serais venu m'écraser sur l'eau miroitante tout près de ces « lettres » de mes frères anciens !

J'exagérerais à te dire, E.T., que seule cette idée m'a retenu au-dessus du vide, car je ne veux pas prendre la pose obscène d'un pseudo-suicidaire. Je suis solidement accroché à la vie. Ce devait être seulement la hauteur, la verticalité, ce sentiment tenace que quelque chose s'écroule, ces vagues au pied de la falaise qui érodent ce qui paraît éternel, ce ciel d'un bleu intense et pourtant tragique, tout ce qui se bousculait en moi et cette voix suave encore une fois murmurant : *à quoi bon…*

Aujourd'hui j'aurais pu m'écrouler. Finir en beauté, suspendu un temps entre ciel et mer. Curieuse beauté, cependant, que celle d'un corps éclaté sur les vagues puis noyé en eaux profondes. Curieuse beauté que cette trahison des miens par celui qui a si souvent chanté la vie. Trahison de ceux-là aussi qui sont venus dans l'obscurité d'une caverne marquer leur passage. Trahison d'un homme qui à son tour veut simplement laisser une trace. Ma paroi, c'est mon écran. Ma caverne, c'est mon bureau. J'ai repris mon sac à dos. J'ai repris ma marche, et qu'importe le bagage plus lourd lesté par les années.

Inutile hâte, là encore. Je vais mourir. Je vais mourir dans un coin de cet univers infini qui a donc une infinité de coins. Ou plutôt : qui n'en a point. C'est un peu angoissant, tu sais, quand il n'y a pas de coin. Moi, j'ai toujours aimé me mettre dans un coin, ou contre un mur. Ce n'est pas timidité. Je n'ai jamais redouté le rond de lumière ou le piédestal. C'est plutôt un reste d'enfance, de ce temps où je m'inventais une cabane seulement en étant sous les draps dans mon lit. Là, rien ne pouvait m'arriver. Les méchants passaient dehors. Je les entendais. Il suffisait de rester silencieux le temps qu'ils s'en aillent. On passe sa vie à rêver de construire des cabanes. Je sais que chaque soir je continue à tirer les draps par-dessus ma tête. Je n'ai pas beaucoup grandi.

Enfant, on tire le drap sur soi, plus vieux on tire le drap sur nous. On a tiré le drap sur ma mère. On a tiré le drap sur mon grand frère. On tirera un jour le drap sur mon corps plus ou moins usé. Dans un coin. On a tiré le drap sur mon père.

Quand je suis arrivé à l'hôpital, en pleine nuit, j'ai vu d'abord son sac dans le couloir, contre le mur. Un modeste bagage. On avait mis toutes ses affaires dedans. L'infirmière me l'a donné. On m'a mené ensuite dans la pièce où il reposait. Le cercueil était au milieu. J'ai joint les mains, spontanément. Je me suis avancé. J'ai embrassé son front, le front du meilleur des hommes. Immobilité glaçante. Dureté du squelette. J'ai serré mes mains sur ma poitrine. Je ne sais quelle prière j'ai pu dire, pour lui qui savait si bien prier. Mes frères sont arrivés peu après, et notre chagrin s'est dilué en s'attrapant à bras-le-corps, en se serrant très fort. Un mort parmi d'autres. Notre père.

Hier encore, un terrible typhon a dévasté une île entière de notre planète et fait des milliers de morts. La nature qui nous nourrit n'est pas toujours seulement généreuse. Depuis dix ans, les catastrophes n'ont pas cessé. Quand elles ne sont pas naturelles, les hommes s'en chargent. Il y a des guerres, il y a des massacres, il y a des génocides. Que je t'écrive à nouveau est peut-être de l'inconscience. Du délire. Une candeur dont on se moquera. Je ne peux pourtant pas taire le goût de l'espace dévoilé, aujourd'hui entre ciel et mer, perché sur mon rocher, jouant avec le vent. De retour ce soir dans ma cabane confortable, je ne me nourris plus d'espoir. Je sais que je ne suis rien. J'attends l'écroulement du monde assis au bord d'une falaise. Je sais cependant que le soleil est doux sur la peau, que le ciel sans limites est aussi un tableau, qu'il y a des chemins où je peux marcher, que je peux donner et recevoir des caresses en attendant de n'être plus qu'un squelette. Je sais que la violence sera la plus forte, mais elle ne me prendra rien, puisque j'aurai vécu.

Nous sommes ce que les deuils font de nous. Nous essayons de sculpter notre propre statue mais nous sommes ballottés par les éléments, par la furie du monde et la fureur des hommes. Il est difficile de donner une forme à notre vie. Notre sculpture nous échappe. Nous chutons avec elle. La gravité nous rattrape toujours, c'est bien notre loi la plus universelle.

Je reviens de ces dix ans comme d'un long voyage. L'une de nos légendes les plus célèbres raconte l'histoire d'un homme qui, après dix ans de guerre, a erré dix ans de plus sur cette mer magnifique que j'ai approchée aujourd'hui en marchant au sommet des falaises qui la bordent. Il a vécu de multiples aventures dont il est le seul à pouvoir parler. On ne sait s'il dit toujours la vérité. Mais lui-même connaît-il cette vérité ? La légende raconte les tempêtes, les détours, les escales, les paradis entrevus, les enfers traversés. Un univers maritime peuplé de monstres et de déesses, de dieux vengeurs et de sirènes. Sa femme et son fils l'attendaient. Il les a retrouvés. L'histoire s'arrête alors, et sa vie continue.

J'ai souvent préféré les histoires au bonheur. J'en aurais beaucoup à te raconter, mais tu les trouveras dans nos romans ou nos films. Je reviens du bout du monde, du bout de mon monde. Usé probablement, mais je pourrais dire aussi poli, comme ces galets dans la rivière ou sur la plage. C'est une question de point de vue. Il a bien fallu l'érosion des vagues et du vent pour donner à ces rochers qui s'écroulent dans la mer les formes que nous trouvons admirables. Il faut peut-être accepter d'être sculpture plutôt que sculpteur. Je ne m'y résous pas facilement. L'artiste résiste derrière l'homme. Vanité encore ? Que l'on me permette, au moins, comme à ceux de la préhistoire, de laisser une empreinte, même jetée au hasard des infortunes du futur.

Dans ma caverne ce soir, au moment où je t'écris, je porte une veste en molleton que j'avais offerte à mon père. Cela ne suffit pas à me donner sa sagesse et sa générosité. Je suis ce que je suis. Je suis ce que le chemin m'a fait. Il suffira d'écrire, pour mon épitaphe : *il a marché*. Mais je veux bien aussi que l'on choisisse les mots d'un poète encore : *j'avoue que j'ai vécu...*

À bientôt, ami extraterrien qui m'es plus cher que jamais.

17

Cher E.T.,

J'ai appris aujourd'hui que la comète ISON n'a pas survécu à son passage près du soleil. Lancées dans de folles courses dans l'univers, traversant parfois nos cieux et y laissant des empreintes éphémères, les comètes peuvent donc aussi disparaître. Je n'y avais pas songé. Je n'avais pas entendu parler de celle-ci, qui remontait dit-on aux origines du système solaire, mais depuis quelques jours nos savants s'interrogeaient sur sa traversée de l'univers et surtout son passage très rapproché du soleil. J'ai donc guetté la suite de l'histoire. « *Il semble bien que la comète Ison n'a probablement pas survécu à son périple* » a dit un scientifique. Il a ajouté : « *Je viens de regarder les dernières images des satellites et je ne vois rien ressortir derrière le disque solaire et cela pourrait être le dernier clou dans le cercueil* ». Même les comètes sont mortelles…

Ces dernières années, en l'espace de quelques mois, j'ai vu se refermer le cercueil sur mon père, sur ma mère, sur mon frère. Ces comètes-là étaient beaucoup plus proches. Le soleil les a fait vivre. L'univers les a repris. Chaque jour des millions de comètes humaines cessent leur course. D'autres entament leur périple. Tout à l'heure, avant de t'écrire, j'ai cherché les dernières nouvelles de ISON. J'ai appris que les savants se demandent maintenant ce qui reste de cette étoile filante. Probablement pas grand-chose, disent-ils simplement, mais, ajoutent-ils *« faut-il encore déterminer la nature de ce pas grand-chose »*. Tout est là, en effet. Quel est ce « *pas grand-chose* » qui suit le *presque rien* de la vie ?

Je t'écris aujourd'hui en plein après-midi. Je ne suis pas désœuvré, mais il fallait que je revienne vers toi. Il me semble que toi seul peux recevoir mes paroles et mes doutes. Je ne me détourne pas des hommes mais je les vois de plus en plus tels qu'ils sont, et probablement aussi tel que je suis. Je n'ai pas vraiment de rancœur mais parfois je prends la tangente, je marche à côté, je cherche la marge. Si je suis une comète moi aussi je peux tracer au moins dans mon ciel une ligne furtive. Je vis pour cela, et pour cela je t'écris.

Dehors le froid est vif, la lumière est superbe. J'habite, je te l'ai dit, dans un pays des merveilles. Notre vent lave souvent le ciel. Les trois chats noirs se chauffent sur la terrasse, chacun dans une posture différente. La petite chatte grise est recroquevillée sur le bord de la fenêtre. T'ai-je dit que notre gros chat tigré tant aimé est mort lui aussi, beaucoup trop tôt ? Nous avons dispersé ses cendres dans notre jardin. Et que ma chienne a disparu un soir d'automne il y a déjà de longues années ? Je n'aurais jamais cru que je pleurerais pour un animal.

Je suis parfois un peu déprimé de ne te donner que des mauvaises nouvelles. Je ne voudrais pas que ces lettres se réduisent à une suite de lamentations. Je ne veux pas non plus te tromper sur notre réalité. J'ai commencé à t'écrire pour cela, en voulant faire pour toi un « état des lieux ». Pas brillant, tu l'as compris. Il m'est de plus en plus difficile de retrouver espoir dans l'avenir, d'imaginer que demain sera plus humain. Je veux dire : plus pacifique, plus tendre, plus caressant. Tout reste à faire. Cet humain-là, je sais que nous l'obtiendrons en le cultivant. Je peux toujours imaginer que ces lettres soient des graines jetées au hasard du temps et de l'espace. Je ne sais rien de la moisson, mais j'aime me voir en laboureur, moi le fils de paysans né en territoire urbain. Encore une posture ? La vie m'a donné les mots, une certaine aisance en acrobaties verbales. Je trace mon sillon. Je fais ma part.

Je ne sais pas si c'est une bonne nouvelle, mais parmi les nouveautés informatiques de ces dix dernières années certaines ont désormais pris une place importante dans la vie des hommes connectés à internet. On appelle cela des « réseaux sociaux ». Peut-être te dissimules-tu sur l'un de ces réseaux, caché par un pseudo ! Tu serais donc là aussi un « ami » ! Il est possible d'établir de cette façon des quantités de contacts avec des personnes que nous n'avons jamais rencontrées. Ces amis-là sont finalement aussi virtuels que toi, cher E.T., à la seule différence que je peux découvrir des images qu'ils veulent bien me montrer, lire des mots qu'ils décident d'afficher, et partager ainsi avec eux quelques bouts de vie choisis. Viens donc rejoindre notre communauté, ami lointain ! Montre-nous les images de ton chez toi, celles de ta famille, parle-nous de ton travail, de tes centres d'intérêts, fais des plaisanteries, raconte des blagues, évoque avec émotion ce qui te touche ou te fait réagir ! Un extra-terrestre sur Facebook (le plus connu de ces réseaux) ! Sûr que tu aurais très vite beaucoup d'amis ! Succès garanti. Tu deviendrais très populaire ! Je crois que serais jaloux.

Quelles nouvelles de ton monde ? La comète ISON remontait aux origines du système solaire, il y a 4,5 milliards d'années. En passant près du soleil elle ne nous a rien dit de toi. On continue néanmoins de découvrir des planètes où la vie peut apparaître. On l'écrit, on le répète. Il y a de l'eau, il peut y avoir de la vie. E.T., s'il te plaît, fais-moi un signe. Comme il y a dix ans je continue de regarder le ciel à la nuit tombée comme si je pouvais y repérer une nouvelle lumière. Mais hier soir, en revenant en voiture dans ma tanière de terrien, c'est bien une étoile connue qui m'a émerveillé encore, composant avec un très fin croissant de lune un magnifique tableau. Elle s'appelle Vénus, ce qui était aussi le nom de la déesse de l'amour au temps où nos dieux étaient multiples. Je regarde le ciel et je te guette. C'est la nuit que l'on voit le mieux les OVNI (c'est par ce sigle que l'on désigne vos apparitions célestes supposées). Rien de nouveau sous ce ciel nocturne, mais Vénus brillante et blanche comme un phare. La lune fine en forme de berceau. C'est déjà ça…

Tu vois, je ne suis pas blasé, cher E.T. Je peux encore regarder les beautés de ce monde. Ou les inventer, ce qui revient au même. La beauté n'existe pas, elle est dans notre regard. Ce devrait être le but de chaque vie : faire provision de beauté puis laisser le temps polir ces souvenirs comme les galets sculptés par l'eau et le vent.

Plusieurs années avant de mourir, ma maman a perdu sa mémoire. C'est aussi peut-être pour cela que je t'écris à nouveau. Chaque souvenir est une ruine patinée par le temps que mon esprit s'efforce de garder précieusement. Je voudrais tout garder, tout pouvoir revivre. Mais imagine que chaque souvenir soit un caillou comme ceux que je ramasse sur les chemins, je serais depuis longtemps enseveli sous une montagne de pierres. Ou bien au contraire dois-je considérer que je me trouve sur un tas de cailloux de plus en plus élevé. Je ne peux plus fouiller pour retrouver ceux qui sont enterrés. Je reste à la surface, mais de plus en plus haut, et perché sur un sommet de plus en plus étroit sur lequel je me tiens en équilibre instable.

Maman n'avait plus sa mémoire et c'était terrible de la voir ainsi, perdue dans sa tête, égarée dans ses déplacements, figée dans ses gestes. Pour elle, et avant que ma propre mémoire peut-être un jour ne me joue ces mauvais tours, je me dois de dire ce que aujourd'hui je suis, je vois, je vis. Tu as bien compris, ami d'ailleurs, que je ne cherche pas pour autant à faire la liste de tous ces souvenirs empilés et sur lesquels je me dresse. Je garde tant que je le peux quelques pierres plus précieuses que d'autres mais je dois aussi accepter que l'oubli recouvre la plupart de ces instants du passé. T'envoyer ces lettres c'est tenter de passer dans un autre temps, que quelque chose au moins échappe à la mémoire toujours défaillante des hommes. Ce pourrait ressembler à une quête d'éternité. C'est peut-être cela. La plupart des hommes pour cela s'inventent des dieux. Je me suis inventé un ami lointain.

Je ne demande à personne d'autre d'y croire. Je ne me battrai pas pour ça. Il suffit que je puisse t'imaginer. Dix ans après avoir commencé à t'écrire je peux bien me l'avouer maintenant : j'écris comme d'autres prient. Juste pour dire que je suis là, minuscule brin de conscience dans cet univers infini, pour dire que le bonheur est possible, pour dire que ce bonheur est toujours menacé. J'ai peur de ne plus croire aux hommes. Avec toi je peux survivre, et peut survivre aussi l'idée de ce bonheur proprement humain.

Dix ans. Mes enfants ont grandi. J'espère que l'adulte qu'ils vont devenir n'oubliera jamais l'enfant qu'il a été, et nos jeux, et notre jardin, et nos vacances, et nos rires, et nos voyages… Eux aussi commencent à accumuler des cailloux en forme de souvenirs. Eux aussi sont les dépositaires de cette vie et de ce bonheur. J'espère qu'ils en témoigneront à leur tour, s'ils le peuvent encore.

Dix ans. Quelques cheveux blancs. Mon corps un peu usé mais qui reste une belle mécanique dont je prends soin autant que je le peux. Ce corps d'où je te parle. La maison de cet esprit qui se tourne vers toi et d'où sortent les mots que je t'envoie. Maison très fragile soumise à tous les aléas et qui demain, tout à l'heure, tout de suite, peut s'écrouler elle aussi, comme s'écroulent tous nos édifices. Mais de ce que les hommes ont bâti on peut au moins retrouver les ruines, et ainsi retrouver une partie de leur vie. Mon corps disparu, plus rien ne restera. Et plus personne ne distinguera parmi les cailloux des chemins ceux qui ont formé la pyramide de ma vie. E.T., je ne veux toujours pas te paraître trop solennel, mais en recevant ces lettres, tu es le dépositaire de mes ruines. C'est une mission importante que je te confie.

Dix ans, et d'autres livres qui se sont ajoutés sur les étagères. Ai-je trop lu ? Pas assez vécu ? J'ai cherché des clés, j'ai trouvé des labyrinthes. Les livres m'ont inspiré, les livres m'ont perdu. Mais je sais aujourd'hui que j'ai aimé me perdre. Celui qui n'ose pas entrer dans le labyrinthe ne connaîtra jamais le bonheur de trouver son chemin, son propre chemin.

Dans ma maison, tant qu'elle est debout, j'essaierai de donner un sens à cet autre mot que les hommes ont inventé : l'amour. Je ne me fais pas d'illusion. Je me connais assez désormais, et je connais mes semblables.

Je suis souvent fatigué de ce continuel rapport de forces, de ces luttes pour exister et être reconnu. Malgré tout, et malgré cette lassitude qui parfois limite mon enthousiasme, ma prière reste toujours celle-là : que la vie continue malgré toutes les folies de nous les hommes.

Derrière la vitre la lumière m'appelle. Je vais sortir dans ce jardin, je vais repartir sur un chemin, je vais risquer de vivre, je vais me fatiguer d'exister, parce que je ne sais rien de ce miracle qui m'a posé ici, sur ce gros caillou rond, mais que je n'ai pas le droit de ne pas essayer au moins de faire de mon mieux. Je respire amplement. Aujourd'hui encore je suis vivant. Cela me suffit comme programme.

Je suis allé un moment dehors. Je reviens finir cette lettre. Le jardin a pris ses couleurs d'automne. Il garde néanmoins belle allure. Simple, sobre, mélange de naturel et de cultivé. Comme nous les hommes. Ce jardin, je l'ai parfois délaissé. Il est souvent harassant de lutter contre les mauvaises herbes qui viennent perturber notre envie d'ordre et de maîtrise. Et puis d'autres jardins sont là, tout près, avec leurs secrets, leurs mystères, leurs fleurs inconnues. Il y en a de toutes sortes. J'aimerais pouvoir te les montrer, cher ami. Si tu viens nous voir, arrive donc au printemps, pour la floraison, ou l'été, pour la moisson. En voyant nos fleurs et nos femmes tu comprendras que les jardiniers ont parfois le goût de l'aventure, et qu'il ne faut pas trop leur en vouloir.

Ce sera bientôt l'hiver. Il n'est jamais très rude ici. Pas de neige ni de grand froid. Je me rends compte en t'écrivant cela que je n'ai jamais nommé le pays d'où je t'écris. Est-ce important, finalement ? Je suis un terrien, et toi un extra-terrien. Cela peut suffire à nous définir. Aujourd'hui pourtant il me vient l'envie de te le dire. Tu me trouveras plus facilement ainsi le jour où tu débarqueras sur notre planète, comme je n'en doute pas. Mon beau pays s'appelle la France, et ma douce région est nommée Provence. C'est là que je suis, c'est là que je vis, et aucun endroit au monde n'est fait pour le bonheur autant que celui-là.

À nouveau je me demande si j'aurai le courage de t'écrire demain. Je comprends que tu dois m'en vouloir de ces doutes incessants et ces atermoiements. Je traverse parfois des périodes un peu déprimantes dont même l'hypothèse de ton existence ne suffit à me sortir. Je te voudrais tout proche, en ami parfait, en compagnon idéal. Je voudrais qu'enfin tu donnes un peu d'épaisseur à mon espoir. Je me leurre sur ma capacité à pouvoir me contenter d'une folle imagination. Il me faut du solide. Tu restes virtuel, et je me retrouve aujourd'hui, ces années passées, aussi seul que la première fois où j'ai songé à m'adresser à toi. J'ai brûlé beaucoup d'énergie pendant toutes ces années. Je peux pourtant me sentir inépuisable et je pourrais bien sûr continuer longtemps cette folie épistolaire. Faut-il que j'attende que la vie elle-même choisisse la fin ? Ai-je été programmé pour écrire jusqu'à ma mort au destinataire le plus introuvable de tous ?

La nuit est arrivée. Je cherche une belle phrase pour terminer cette lettre. Tu vois, je soigne toujours ma sortie. J'ai envie de t'offrir ce que nous avons de mieux. J'ouvre au hasard mon carnet de citations (tu sais bien, celui à la couverture marbrée, achetée à Venise !). Il est toujours posé à côté de l'écran, comme il y a dix ans. Je retrouve un poète, et ce n'est pas tout à fait un hasard : « *Tu n'as pas réussi à faire de tous les instants de ta vie un miracle. Essaie encore* ». Ce devrait être notre programme.

Ton ami, pour toujours.

18

Cher E.T.,

Quelle extraordinaire nouvelle ! Les hommes sont formidables et fous. Sais-tu ce qui vient de se passer dans l'espace ? Au beau milieu de notre été ? Une petite sonde joliment nommée Rosetta est sur le point de terminer un voyage de… dix ans ! Et tu n'imagineras pas quel était le but de son périple : une comète ! Celle-ci porte un nom un peu plus compliqué et nettement moins poétique, celui de ses découvreurs : Tchourioumov-Guérassimenko. Mais comme les scientifiques entretiennent avec les corps célestes des rapports finalement très affectifs, ils ont très vite pris l'habitude de lui attribuer le diminutif « Tchouri ». Rosetta a donc rencontré Tchouri… À vrai dire, ils ne se sont pas encore touchés. Simplement approchés. Rosetta tourne autour de Tchouri, à 30 kilomètres de distance, après en avoir parcouru 6 milliards pour arriver à son rendez-vous. Car c'est un rendez-vous ! Une rencontre organisée pour continuer à mieux comprendre les origines de la vie. Certains disent déjà ici que c'est une mission inutile. Les mêmes doivent penser probablement que l'amour ou l'art, aussi, sont inutiles.

Tu te rends compte, l'ami ? Tu te rends compte de ce que nous sommes capables de faire ? Prendre rendez-vous avec une comète à 400 millions de kilomètres de notre terre ! Et ce n'est pas fini ! Rosetta doit maintenant entrer en contact avec ce gros caillou informe qui erre dans l'espace. Ou plutôt elle enverra un petit robot se poser sur sa comète chérie. Ce ne sera pas simple. Après une longue approche, le dernier geste n'est pas toujours facile. On se découvre vraiment. On se met à nu. Mais se toucher, quelle merveille !

Nous découvrons les vraies formes de Tchouri et selon les scientifiques elles ne vont pas rendre facile la suite des opérations. Ils ont réduit bien sûr la vitesse de Rosetta pour une approche en douceur, préliminaire au contact « physique ». Il paraît que la sonde avance à moins de 4 kilomètres par heure. L'allure d'un marcheur !

Dix ans ! Rosetta est donc partie quand j'ai commencé à t'écrire. Je suis un peu comme cette sonde qui a fait un long voyage. Peut-être est-ce un signe. J'arrive moi aussi tout près du but. Je vais peut-être devoir me poser. Livrer mes dernières informations. Il est difficile pour l'homme d'errer sans but. Rosetta a de la chance : elle savait ce qu'elle devait faire, pour quoi elle était programmée. Ce n'est pas notre cas. Nous devons à tout moment analyser notre trajectoire sans savoir vraiment où nous devons aller. Qu'ai-je fait pendant ces dix ans, pendant que Rosetta filait à toute vitesse vers sa comète ? Qu'ai-je fait sinon chercher mon chemin ? Puis-je dire que j'ai manqué mon rendez-vous ? Aujourd'hui, tu n'es toujours pas là. Je suis en avance, probablement.

Celui à qui je m'adresse est donc trop loin. Ou bien il n'est pas encore né. Ce qui revient au même. Je vais laisser ces mots en souvenir de mon passage. Ce n'est pas ma faute si ceux qui m'ont programmé m'ont condamné à arriver trop tôt. Je fais ce que je peux. Je ne vais pas pouvoir attendre. Je vais devoir reprendre ma course et un jour disparaître dans l'infini.

Je dois te paraître à nouveau un peu sentencieux, l'ami. Peut-être aimerais-tu plus de simplicité. Mais je sens bien que je suis arrivé au bout d'une trajectoire. Il faut que j'en convienne, et ce n'est pas si aisé. Finir, pour nous les hommes, n'est jamais facile. Nous n'achevons rien et redoutons cette fin à laquelle nous ne pouvons échapper. Tu as bien compris, et je suis à nouveau probablement trop solennel, que ces lettres que je te confie sont une manière de lutter contre cette fin programmée. À toi, qui que tu sois, de continuer. La prochaine fois, je te promets davantage de légèreté.

Ma dernière lettre annonçait notre hiver. C'est encore comme si je m'étais à nouveau endormi. Les saisons furent belles pourtant. Ce printemps, comme chaque fois, a su m'émerveiller. Pourquoi n'ai-je pas su te le dire ? Puisque la petite sonde courageuse a réveillé mon enthousiasme en plein milieu de notre été après encore des mois de silence, je tâcherai de te parler davantage de cette saison lumineuse et magique dont je t'écris pour la toute première fois.

En attendant, cher E.T., laisse-moi le temps, comme à chaque retour de ces étés, de m'enivrer des saveurs particulières de ces longs jours où, dans mon pays paradis, l'on peut croire quelquefois à la beauté du monde.

À très bientôt. Ton ami de Terre.

19

Cher E.T.,

Il faut donc que je te raconte nos étés. Tu sais, je crois que si je ne t'ai jamais écrit pendant cette saison, c'est probablement parce que j'étais trop accaparé par le goût de vivre, et que ce goût est exacerbé en été.

Et puis Rosetta est arrivée ! Après des mois d'hibernation au cours desquels à nouveau je délaissais notre correspondance, la petite sonde courageuse a secoué ma torpeur au beau milieu de cette saison chaude.

Par quoi commencer ? Il suffit que je te raconte peut-être notre dimanche. C'était hier. Il faudrait pouvoir te faire comprendre la douceur de l'air, la tendre lumière, les courbes du paysage, tout ce qui flotte parfois dans notre atmosphère et qui nous rend légers et heureux de vivre.

Nous avons roulé au milieu des vignes et des blés. Nous sommes arrivés dans une petite ville de l'arrière-pays. Nous avons déjeuné dans un petit restaurant tranquille. Le vin rosé était frais, les plats simples et savoureux. Nous nous sommes promenés main dans la main dans les ruelles anciennes, en s'arrêtant devant quelques boutiques accueillantes et joliment décorées. Nous avons, comme nous aimons tant le faire, bu un café dans un autre bistrot sur la place, près de la fontaine. Nous avons regardé les gens passer, les enfants courir, les chiens se prélasser. Nous avons repris la voiture. Que de baisers échangés, entretemps ! Nous ne savions pas vraiment où nous allions, seulement que la route serait belle. Elle nous a menés dans une demeure ancienne, restaurée et ouverte au public, où nous avons bu cette fois un verre de vin blanc, à l'ombre de grands platanes. Nous avons marché lentement dans le grand jardin avant de repartir. Nous avons continué notre errance tranquille sur les petites routes où flottait désormais un air encore plus léger, une lumière encore plus tendre, celle qui vient les soirs d'été projeter devant nous ses rayons tangentiels. Nous roulions lentement. Nous nous sommes arrêtés plusieurs fois au bord de la route, pour rien, pour *cet or du soir qui tombe* (il faudra aussi que tu lises ce poète-là), et pour s'embrasser encore. Nous aurions pu rentrer tout de suite. Notre maison n'était pas loin mais nous avons voulu prolonger cette grâce, cette plénitude que rien ne semblait pouvoir atteindre. Nous avons trouvé encore un petit restaurant. C'était la fête au village. Les tables étaient disposées sous des lumignons. On plaisantait, on riait, on parlait fort, on s'appelait, on célébrait le pur bonheur d'être là, d'être ensemble. Nous nous sommes mêlés à ces bons vivants, assis parmi des familles joyeuses dont les enfants désertaient les tables et allaient courir sur la place. Nous les regardions, nos doigts mêlés, en pensant à nos filles qui ne sont plus des enfants. Les femmes étaient toutes belles, et sans aucun effort, chacune à sa manière. Les hommes souriaient. Nous parlions de tout et faisions silence aussi. Nous avons encore tardé, car de jour plus vaste que celui-là, il semblait qu'il n'y en aurait jamais. La nuit était venue, et les étoiles.

En voiture pour revenir chez nous, à nouveau sur l'autoroute, c'était pour moi, comme à chaque fois, comme si nous étions dans une nacelle, comme une sonde lancée dans l'obscurité de l'espace…

Tout cela, et raconté ainsi, paraît trop beau pour être vrai. Je le sais. On dirait ici « romancé ». De l'eau de rose. Et pourtant, cher E.T., je n'enjolive rien. Cela est possible. Mais de retour dans cette belle nuit d'été, dans notre capsule automobile qui fendait l'espace à sa façon, sous ces étoiles qui me font si souvent penser à toi, cette grâce ne tenait qu'à un fil. Toute cette paix dans laquelle nous avions baigné dans ce dimanche de la vie, toute cette harmonie, tout cela aurait pu s'écrouler en un instant. Ce n'était pas cette fois, bien que cette pensée me hante et m'obsède, la peur de l'accident qui rompt brutalement le fil d'une vie. Le terrible coup de ciseau de la Parque (une autre légende). Ce n'était pas la pensée du tragique qui jamais ne me quitte vraiment. C'était beaucoup plus simple que cela. Il aurait suffi que j'allume la radio pour entendre des nouvelles du monde. Quand j'ai tendu la main vers le bouton sur le tableau de bord, j'ai retenu mon geste. La beauté d'un simple jour valait bien cette petite trahison.

Il ne manquait plus que faire l'amour pour que la journée fût idéale. La fenêtre était ouverte, et dehors les insectes jouaient leur petite musique nocturne. Nous nous sommes ensuite endormis l'un contre l'autre.

Tu comprends bien, cher E.T., que ma manière de te dire l'été n'est pas du tout objective. Rien n'existe en dehors de notre propre expérience. Je te raconte la mienne. Je ne peux rien de plus. Comme pour tout ce que je t'ai écrit depuis le premier soir où je me suis adressé à toi, je ne sais ce que tu pourras en conclure. Peut-être ne s'agit-il pas d'ailleurs de conclure, mais plutôt de commencer. Ce n'est que le témoignage d'un homme qui a eu la chance d'être libre et heureux, né au bon endroit au bon moment, et qui aimerait croire que son bonheur ne se paye pas nécessairement par le malheur des autres et qui aimerait pouvoir imaginer que ce bonheur soit encore possible demain.

Ce beau dimanche, c'était hier. Aujourd'hui je n'ai pas pu empêcher les échos du monde de parvenir jusqu'à moi. Du feu et du sang. Du sang et des larmes. Mais taisons encore un peu la folie meurtrière des hommes. Accordons-nous de prolonger cette illusoire paix.

Cette lettre est bien courte, E.T. Ne sois pas déçu que je ne t'en dise pas plus de nos étés merveilleux. Je sais que cela suffit à te faire comprendre et que tu sauras, dans ta grande sagesse, préserver de toutes tes forces ce qui est de nous le plus précieux. Ces deux corps nus, par exemple, allongés dans ce grand lit, ces deux corps infiniment fragiles, marqués par la vie, ces deux corps blottis l'un contre l'autre comme deux petits animaux, ces deux corps enlacés, ces deux corps mélangés, ces deux corps qui ne suffiront pas à sauver le monde, ces deux corps qui ne se sauveront pas eux-mêmes, ces deux corps sans autre défense que le langage subtil de leurs abondantes caresses et leurs baisers innombrables. Prends soin d'eux.

Si j'abrège aussi cette lettre, cher ami, c'est peut-être parce je ne me lasse pas de parler cet autre langage. Je retourne auprès d'elle. Prends soin de nous.

Ton ami et frère humain.

20

Cher E.T.,

Prends soin de nous. Ces mots auraient pu être les derniers. Il s'en fallut de peu. Un fil, encore. J'aurais pu en rester là. Finir ainsi mon voyage épistolaire vers toi sur ce beau tableau de deux corps amoureux, de deux âmes légères qui planent voluptueusement sur un monde apaisé. Un idéal entrevu. Furtivement. Mais le fracas que fait ma planète m'empêche de dormir, et je reviens devant cet écran. Rien ne change. Dix ans après, je ne peux que recommencer à dresser cet autre tableau, celui des hommes qui s'entretuent, celui de la guerre universelle.

Inutile de rentrer dans les détails de ce que te diront nos futurs livres d'histoire, s'il en reste. Tu trouveras bien quelque part le récit de cette nouvelle furie ravageuse qui gagne les hommes comme une épidémie mentale. Tant de virus nous menacent à nouveau, corps et esprits !

Il fallait que je t'écrive au moins encore une fois avant la catastrophe annoncée. En plein été. En pleine insouciance. Les hommes ont essayé pendant des siècles d'apporter quelques lumières sur le monde. Ils ont pensé, ils ont parlé, ils ont agi. Ils se sont libérés peu à peu de leurs peurs ancestrales et ont voulu se rassembler autour d'une vision commune de l'homme. Aujourd'hui, une obscurité terrible risque de retomber sur la planète. Cet été sera peut-être le dernier. Et derniers aussi ces beaux dimanches.

D'autres hommes avant moi, en d'autres temps, ont vécu cette menace. D'autres hommes qui eux aussi ont été heureux, gâtés par la vie, et ont dû affronter ensuite la violence brutale des hommes. Non, rien ne change. C'est toujours la même terrible rengaine. La guerre qui a éclaté, nous n'avons pas voulu la nommer trop vite. Nous ne voulions pas y croire. Nous n'avons pas voulu non plus donner le nom de « barbares » à ceux qui, aujourd'hui, veulent notre mort. Nous ne voulions plus utiliser ces mots : vandales, sauvages. Nous les pensions d'une autre époque. Nous pensions que ce n'était plus pareil, plus comme avant. Que nous n'avions plus le droit d'accuser les autres alors que nous-mêmes avons été capables des pires crimes. Nous avons tergiversé, nous n'avons pas toujours osé rappeler nos valeurs fondamentales. Nous ne voulions plus imposer quoi que ce soit, et surtout pas par la force. D'autres s'en sont chargés, et n'hésiteront pas à prendre notre place, à envahir notre sol, à changer nos vies. Se peut-il que tout l'édifice s'écroule ? Que tout ce que nous avons mis tant de temps à accumuler, à préserver, cet héritage, ce patrimoine, cette culture, que tout cela soit détruit ? Il n'y a pas que les hommes qui sont mortels. Les civilisations aussi. Et l'humanité tout entière, ce grand corps aujourd'hui malade, peut périr demain. Se peut-il que tous ces livres accumulés dans ma bibliothèque n'aient servi à rien ? Je me suis parfois imaginé le premier homme face à un monde neuf. Nous sommes peut-être les derniers, dans un monde déjà trop vieux.

Nous avons longtemps feint de ne pas voir l'ensauvagement de nos sociétés. Aujourd'hui la violence est partout. Il me semble que nous vivons une terrible régression, un nouveau Moyen-Âge. Oui,

E.T., je fais un constat douloureux mais on ne peut plus reculer devant la réalité, et je dois vraiment m'interroger sur ma façon d'affronter les temps à venir.

Cette lettre, E.T., est un appel au secours. Pas pour moi, qui ne me soucie pas trop de ma mort prochaine. J'ai appris, sinon à l'apprivoiser, au moins à l'accepter. Si je t'appelle à nouveau, si à nouveau je lance cette bouteille à la mer, aussi follement qu'il y a dix ans un soir d'automne, c'est pour ceux qui vont me survivre. Il faut transmettre le feu. Non celui qui détruit et calcine mais celui qui rassemble, éclaire, et réchauffe.

Je reste tenté de m'asseoir quelque part au bord du monde et de le regarder s'écrouler. Mais je ne dois pas perdre espoir, au moins en toi. Bien sûr les indices restent très rares malgré tous les progrès qui nous permettent de dire que quelque part a pu germer une autre forme de vie. J'ai du mal à croire, quand on me le dit, que tu es le créateur de ces formes mystérieuses tracées parfois à grande échelle dans nos champs cultivés, ou que tu serais à l'origine de telle ou telle de nos vieilles cités. Je me méfie de ces légendes-là. Je n'ai pu m'empêcher de penser à toi, en revanche, quand cet été un avion a disparu avec tous ses passagers… Je sais bien que cela n'est pas raisonnable, mais cette croyance ne fait de mal à personne.

Je continue à m'intéresser à ceux qui guettent les signes de ta présence. Des savants, avec leurs grandes oreilles et leurs longues vues, restent concentrés sur cette hypothèse. C'est aussi au milieu de l'été qu'un nouveau signal radio venu de l'espace a agité la communauté des astronomes. J'ai appris à cette occasion une anecdote que je ne connaissais pas. Il y a une quarantaine d'années, un très sérieux scientifique s'exclama spontanément « Wow » en décryptant un fort signal radio à bande étroite qui dura 72 secondes et dont l'explication reste sujette à toutes les explications. Ce sera fichtrement « wow » le jour où on se rencontrera vraiment ! J'ai appris aussi qu'un observatoire a envoyé à la même époque un message à ton intention, précisément en direction de l'amas globulaire M13. Un signal évidemment bien plus simple que toutes mes lettres et leurs ribambelles de phrases, un élément visuel spécialement conçu et codé pour toi ! Quarante ans plus tard, toujours pas de réponse, mais faute d'explications à ces signaux rapides

de haute intensité, les astrophysiciens concluent que
« l'avenir s'annonce plein de promesses ». Tu restes, E.T.,
une formidable promesse.

Tu vois, je garde confiance, car depuis le début de
cette correspondance à sens unique je sais que si nous
ne pouvons pas nous rencontrer c'est seulement *faute
de temps*. Ou plutôt *par la faute du temps*. Nous vivons
dans des espaces-temps différents. Pour se rencontrer,
il faudrait une coïncidence, mais cela ne se décide pas.
D'ailleurs sur notre planète non plus nous ne vivons pas
dans le même temps. Tous les peuples, tous les hommes,
croient habiter ensemble au même moment, *en même
temps*. Ils sont en fait dans des sphères temporelles
différentes. De là peut-être les tragédies meurtrières
actuelles. De là peut-être l'espoir aussi car finalement,
tout cela n'est *qu'une question de temps*.

Terrien passionné, curieux et amoureux, j'ai toujours
adoré ces coïncidences, ces court-circuits temporels qui
semblent donner du sens à ce qui n'est objectivement
qu'un hasard de plus. Ce ne sont que des leurres,
probablement. Nous avons toujours cette propension à
voir des signes où il n'y a rien d'autre qu'un télescopage
de plus. Tu as bien compris que notre espèce a besoin de
se raconter des histoires. Si je t'ai écrit, finalement, c'est
aussi parce que je ne parviens pas à livrer notre avenir
aux seuls caprices d'un hasard tout-puissant, à attendre
une rencontre trop hypothétique. Nous sommes aussi
une espèce qui veut agir sur son destin. Je ne peux me

résoudre à laisser les choses se faire sans moi, même si je ne suis qu'un point infiniment petit dans l'univers. C'est pour cela que je te cherche, et que je te rêve en maître du temps et de ses portes, détenteur de quelques clés qui pourraient remettre à l'heure l'horloge de l'univers et de ses habitants, notamment dans la région galactique où se trouve cette perle bleue qui tourne et tourne et tourne autour de son soleil depuis presque 5 milliards d'années…

Chacun son rôle, même futile. Le mien est peut-être de te convaincre de veiller sur nous, et de te rappeler ton travail de grand horloger. Entre amis, ici, on aime se donner des surnoms. Le tien sera, si tu veux bien « *Entre-Temps* ». E-T ! J'espère que ça te plaira !

Je ne sais pas ce que je vais faire dans cette guerre qui se rapproche de nos rivages heureux. Je vais peut-être moi aussi devoir combattre, corps à corps, me servir d'armes plus ou moins sophistiquées, moi qui suis si peu doué pour cela. Je n'aurai pas le choix. La guerre est précisément ce qui ne laisse pas de choix, ou seulement celui d'un camp contre l'autre, ce qui réduit considérablement les perspectives. Ce sera très long. Il y aura un vainqueur. Nous serons tous perdants.

La planète, elle aussi, est malade. Elle ne tourne plus si bien que ça. Son axe a bougé. Elle s'agite. Elle a la fièvre. Elle est torturée par les hommes qui modifient trop rapidement son climat. Certains connaissent à peine le temps du développement quand d'autres récoltent les fruits amers d'un progrès difficile à maîtriser. Il faudra aussi gagner cette autre guerre contre tout ce qui menace la survie même de notre espèce sur cette Terre. Impossible de faire quelque chose tous en même temps. Voilà pourquoi nous avons besoin de toi.

Il est temps, *Entre-Temps*, il est grand temps !

J'aimerais pouvoir plaisanter davantage, E.T. Cela aussi nous caractérise. Cette distance que nous savons prendre par rapport à la réalité, par rapport à nos certitudes. L'humour, c'est un doute souriant. L'humanité, en ce moment, en manque terriblement. Nous devrions rire de ce que nous sommes, de nos faiblesses, de nos croyances. Rire de joie aussi. Nous devrions rire tous ensemble puisque nous savons que nous allons tous mourir, et en attendant au moins nous pourrions ne pas nous haïr les uns les autres faute de pouvoir vraiment nous aimer. Nous devrions veiller avec d'infinies précautions sur la vie sous toutes ses formes, et guetter l'apparition dans nos télescopes de *ta* forme de vie extraterrestre, en nous émerveillant de la simple possibilité de cette nouvelle connaissance qui pourrait être aussi une renaissance...

Il est tard E.T. Très tard. Mes pensées s'agitent et cognent. Tout se bouscule. Je quitte les étoiles pour retomber à nouveau brutalement sur terre. Je pense tout à coup à la petite fille disparue dont je t'ai parlé dans mes premières lettres. Elle n'a pas été retrouvée. Plus de dix ans déjà. Et quantité d'autres disparitions sont venues s'ajouter à la sienne. Est-elle morte ? Vit-elle dans un de ces enfers que les humains savent parfois si bien inventer ? Je pense à elle souvent. À d'autres absences aussi, à d'autres disparus, morts et enterrés. Je pense à Keo, la petite sonde en forme d'oiseau, qui ne s'est toujours pas envolée. La fusée qui devait l'emporter ne décollera peut-être jamais. L'argent va manquer. Il y a tellement plus urgent.

Est-il vraiment urgent que tu reçoives ces lettres ? Que deviendront-elles ? Je ne m'interroge plus sur la recherche du meilleur facteur. Je fais confiance à tes moteurs de recherche très élaborés qui dénicheront dans les milliards d'informations numérisées ces mots qui ont été écrits spécialement pour toi. Il me suffit de les poser dans un coin de notre réseau mondial, comme d'autres jadis entassaient dans un carton leurs plus belles lettres d'amour, sans savoir vraiment s'ils voulaient qu'elles restent cachées à jamais ou s'ils désiraient inconsciemment qu'elles trouvent un jour des lecteurs venus d'ailleurs.

À toi, E.T., qui es aussi chaque femme, homme, enfant, parent, humain proche ou lointain, Dieu, créature encore inconnue, qui es celui, quel qu'il soit, qui entendra la voix d'un terrien, qui es tout et qui n'es rien, je livre ces lettres venues d'ici et maintenant. Que ce soient mes mots de partance.

Votre ami, pour toujours.

21

Mon très cher E-T,

C'est une lettre d'adieu, pas de rupture. J'ai choisi ce jour. Le premier jour de l'automne. Un cycle qui recommence. Il y a plus de dix ans (je ne sais plus exactement : les lettres se sont espacées, les évènements se sont superposés, le temps accélère, se dilue, se trouble, et je consens à m'y perdre) c'est en entrant dans cette saison que j'ai commencé à écrire au plus improbable des destinataires. D'une certaine façon, et même si cela peut paraître invraisemblable à mes congénères, j'ai pourtant vraiment attendu un signe, et quand j'ai cessé de t'écrire, j'ai continué secrètement à t'espérer pendant toutes ces années. Mais je sens que je n'aurai pas l'entêtement suffisant pour continuer une saison de plus. Oui, E.T., je suis un peu comme un amoureux déçu, et cette lettre sera la dernière.

J'ai pris cette décision tout à l'heure, quand je marchais dans la colline. C'est dimanche, et je suis encore parti sur les chemins. Marcher. Marcher toujours. Entrer dans l'espace. Fendre l'air. Fouler la terre. Aller à grands pas. Respirer largement. Voir où l'on va, apprécier d'où l'on vient. Prendre de la hauteur et contempler la plaine. Laisser le vent peser contre la poitrine. Ouvrir les bras. Regarder les hirondelles, leur vol silencieux et rapide, envier leur liberté. Vouloir fuir avec elles.

Je ne te quitte pas. J'arrête seulement de t'écrire. Notre lien est tellement singulier qu'il en est d'autant plus fort et indestructible. Il supportera encore une fois cette part de silence. Évidemment à chaque nouvel automne je vais penser à toi. Cette saison est devenue la nôtre, celle de nos rendez-vous. Peut-être cette correspondance va me manquer. Il y aura probablement tant de choses encore dont j'aurai envie de te parler. Je ne te dirai donc rien de plus sur Rosetta qui va déposer dans quelques semaines un petit robot chercheur sur le bout de comète avec lequel elle avait rendez-vous. Il devrait, si tout va bien, nous dévoiler quelques secrets sur l'origine de notre planète. L'opération est délicate, dit-on. J'espère tellement que ce sera une réussite ! C'est étrange, cela prend pour moi une importance capitale alors qu'ici-bas, toujours à ras de terre, le péril des invasions barbares se rapproche.

J'ai envie de te donner rendez-vous. Dans 10 ans ! Aurons-nous traversé ces temps obscurs ? Serai-je encore vivant ? Que sera ma vie ? Que seront devenus ma planète et ses habitants ? Dans 100 ans ! Serai-je encore là avec des organes réparés ou artificiels qui auront permis d'allonger notre durée de vie ? Certains le prédisent déjà. Aurons-nous colonisé enfin une ou plusieurs planètes ? Dans 1 000 ans ! Seras-tu là ? C'est si peu à l'échelle de notre humanité. Les techniques nouvelles auront-elles permis enfin de faire évoluer aussi les mentalités vers une coexistence pacifique ou auront-elles au contraire accéléré la fin de notre espèce ? Dans 10 000 ans ! Tout se trouble. Il y a 10 000 ans les hommes n'étaient pourtant pas très différents. Ceux du futur seront-ils des robots ou des machines ? Sera-t-on confronté cette fois à la guerre des étoiles ? Dans 1 million d'années ! L'espace sera une maison commune et dans cette région de cette galaxie, on retrouvera de très anciennes preuves de l'existence de ceux qui se faisaient appeler humains et qui peuplaient alors une planète bleue devenue mythique. Des têtes chercheuses se pencheront sur les usages et les langues très anciennes de ces peuples légendaires. Ils décoderont le langage de mes lettres parmi toutes les trouvailles archéologiques de ce temps des origines…

C'est au clair de la lune que je t'ai écrit le plus souvent. Je la vois ce soir encore dans le cadre de ma fenêtre. Un beau demi-cercle lumineux. Cet astre est paraît-il un morceau de terre arraché il y a 4,5 milliards d'années. Nous en avons fait un motif de rêverie. Et toi aussi je t'ai rêvé, E.T.… Je rêverai de toi, encore, chaque fois désormais que je verrai la lune apparaître.

Quelques années avant que je t'écrive nous avons assisté à une éclipse de notre soleil. La lune est passée devant lui, toute petite, et cela a suffi à plonger le pays dans l'obscurité. Un été en France. Une minute d'obscurité en plein milieu du jour. Nous n'avions pas peur. Nos savants avaient tout calculé. Ils savaient que cela ne durerait qu'un instant. Contrairement à nos lointains ancêtres nous pouvions collectivement assister à cet événement dans notre ciel sans craindre ses conséquences. Je redoute aujourd'hui une éclipse très longue. Une éclipse de la pensée, une éclipse de l'humanité. Ce ne serait pas la première, mais pour ce genre d'obscurité aucun savant ne saurait dire combien de temps elle durera. Nous entrons peut-être dans un hiver très long. Le soleil lui-même est en colère et nous menace de ses radiations. Mais rien ne sert de vivre si l'on ne croit pas au printemps.

Rien n'est écrit. Des ressources encore inconnues peuvent nous permettre de rester dans la lumière. L'homme va se transformer. Si ce n'est pas grâce à nos philosophies, ce sera grâce à nos techniques. Nous continuons d'explorer notre corps, notre génome, notre cerveau, et nous n'avons pas fini de sonder ces autres univers. Demain sera peut-être le temps d'autres sortes d'humains. Peu importe la forme qu'ils prendront. Toi non plus, probablement, tu ne nous ressembles pas, mais tu peux nous sauver.

Promets-moi de nous aider, E.T., si tu le peux. Mes filles sont devenues des jeunes femmes. Si je dois me battre pour préserver leur liberté je le ferai. Notre monde a cette terrible manie de faire de nous des soldats. Nous devons lutter contre de multiples virus qui se sont installés dans ce grand organisme que l'on appelle l'humanité. Ce sera long. Ce sera tragique. Mais *entretemps* tu veilleras sur la flamme, mon très cher *Entre-Temps*... Tu vois, il est toujours possible de finir, comme l'on dit ici, sur une note d'humour !

J'ai ramassé une pierre pour toi aujourd'hui. Pour marquer ce jour. Je l'aurais voulue lisse et polie mais ici elles ont souvent des arêtes tranchantes. Je cherchais une belle forme, je n'avais sous les pieds que des cailloux cassés. On ne choisit pas les pierres des chemins. Je me suis accroupi. Celle-là était ronde d'un côté, plus pointue de l'autre, rugueuse sur une face, plus lisse sur l'autre. On pourrait dire qu'elle avait la forme d'un cœur, d'un vrai cœur, pas de celui tel qu'on le dessine. Un organe vital, pas un sentiment. Un petit cœur pétrifié. Je l'ai pris dans la main, en souvenir de ce ciel bleu par-dessus moi, de cette lumière par-dessus ces collines rondes, en souvenir de mon corps allègre et de mes pensées pures. J'ai pensé, en ramassant cette pierre, que si mon propre petit cœur, vaillant et capricieux, venait à s'arrêter, j'aimerais que ce soit sur l'un de ces chemins, un jour pareil à celui-là. On ne choisit pas non plus le moment de la fin.

Je ne t'oublierai jamais. Entre deux photos de paysages traversés en marchant, je choisis souvent en fond de mon écran d'ordinateur une image de notre galaxie. Cette pierre ne me sera d'aucun secours, et ne me sauvera de rien, mais je la garderai toujours, en souvenir de toi, en souvenir de nous, comme le font parfois les amants séparés.

Toute trace est peut-être illusoire mais j'ai transmis ce que je pouvais, dans cette petite portion de ce temps où j'ai été invité au miracle de la vie. Ce n'est pas mon existence tout entière, que rien ne peut contenir et surtout pas de simples mots. C'est une part d'humanité. Une promesse de bonheur. Pas une réussite. On ne réussit rien. Des essais. Ce n'est déjà pas si mal. Je me suis probablement beaucoup trompé, mais j'ai cherché.

S'il n'en reste qu'un pour assurer la sauvegarde de cet héritage, je voudrais que ce soit toi, mon ami de l'infini, mon ami indéfini. Veille sur ce petit et simple trésor, mais surtout veille sur nous.

Et en attendant, si ce n'est pas toi, l'extraterrien, que ce soit mon ami de finitude, mon semblable, mon frère terrien. Toi, mon lecteur, unique et innombrable, dont dépendra la suite de l'histoire.

Sarinagara…

Impression

BoD-Books on Demand, Norderstedt, Allemagne